「おにい、また怪我した？」
アズリア

「私が君を助けたこと…
理解してる?」
サーシャ

忌み子として捨てられた召喚士、実は世界最強

影茸
illust.村カルキ

contents

◆

Imigo toshite suterareta shokanshi,
jitsuha sekaisaikyou

プロローグ ✦ Prologue

その瞬間。
人生が変わることになった、十歳の誕生日を僕は今もはっきりと覚えている。
「……しょう、かんし？」
すなわち、自分のスキルが忌み嫌われるものだと知った、その時を。
呆然とする僕の頭に、これまでのことが走馬燈のように流れていく。
そんな中、僕の頭の中で何度も流れる記憶が存在した。

——僕、いつか立派な騎士になって、英雄になる！

——ライバートならきっとなれるさ。

それは、スキルが発現する数日前に父と交わしたやりとりだった。
無邪気な僕はその時も、他の子供と同じく自身が英雄になることを夢想していた。

……だから、想像もしない現実を前にして僕は立ち尽くす。

これが、他のスキルであれば僕はまだここまで落ち込むことはなかっただろう。

しかし、この召喚士というスキルだけは、絶対に避けたいものだった。

このスキルを得た時点で、僕は貴族として死んだことになるのだから。

この召喚士というスキルができることは、初級魔法しか使えない、初級精霊を顕現《けんげん》させることだけ。

つまり、召喚士とは戦うために精霊を使役する以外の役割がないにもかかわらず、ほとんど戦うことのできないスキルなのだ。

治癒のスキル、鑑定のスキル、そして、鍛冶や錬金術のスキル。

戦わないスキルも多く存在する。

けれど、そのスキルには全て役割がある。

役に立たない訳ではない。

全てが中途半端にしかこなせない。

そう貴族社会で呼ばれるものこそ、この召喚士のスキルだ。

そして、召喚士のスキルが嫌われる理由はそれだけではなかった。


——使えない上に、召喚士のスキルを持つものは〝忌み子〟として、蔑《さげす》まれ嫌われていた。

召喚士が使役するのは精霊ではなく呪われた悪霊。

このスキルを持った者は世界の理から外れた忌み嫌われる存在である。

どこの国の指導者がそう言ったかも定かではない言葉が頭に浮かぶ。

その言葉こそ、貴族社会における召喚士の扱いだった。

そのスキルを得た者が現れただけで断絶する貴族もいるほどに。

「……うちの血筋の中でこのスキルを得た人間はいなかったはずなのに、どうして？」

震える声が、僕の口から漏れる。

僕にはただ、これが現実でないことを祈るしかできなかった。

扉の外、足音が響いたのはその時だった。

「ライバート！」

「……っ」

部屋に押し入ってきた父の姿に、僕は反射的に身体を硬くする。

僕の頭に、勘当の二文字が浮かぶ。

次期当主である僕がこのスキルを得たと知れば、父は怒り狂ってもおかしくない。

「スキル、召喚士だったらしいな」

しかし、その僕の想像に反し、父の声は優しかった。

それどころか、少し喜びさえ滲《にじ》んでいる気がしたことに驚きながら、僕はゆっくりと顔を上げる。

もしかして、慰めにきてくれたのではないか、そう思ったのも束の間。

「お前は私達の期待を裏切ったのだな。ここまで手をかけてきてやったというのに」

「……え？」

――次の瞬間、笑顔で父が告げた言葉を、僕は受け入れられなかった。

けれど、そんな僕に気を留めることもなく父は続ける。

「だが、安心しなさい。どれだけ使えない、忌み嫌われるお前のような存在でも、私は捨てたりはしない」

僕の頭を雑に撫《な》でながら、父は告げる。

「……だから、覚えておけ。お前はとんでもなく優しい家族に恵まれた、ということを」

それは、本来僕が望んでいた状況だった。

こんなスキルでも、僕を見捨てない。

そう僕は家族に言って欲しかったのだから。

「はい」

……なのに、どうして涙が出るんだろう？

なんとか、くしゃくしゃの笑顔を作って頷いた僕には、もうなにも分からなかった。

第一章 ◆ 穀潰しの忌み子 —— Episode 1 ◆

「……寝てたか」

僕が身体を起こしたのは、大きな木が生えた庭だった。

程良い疲労が残る身体を伸ばしながら、僕は小さな声で問いかける。

「それで、結構僕は寝てた？」

「ぴい！　ぴい！」

そんなことはない、そう言いたげに僕の耳元で翼をはためかせる声の主。

相変わらず元気だなぁ、僕は思わず苦笑する。

「そうだね、寝すぎたら君が起こしてくれるもんね。ヒナ」

そう言って僕が顔を向けると、そこにいたのは直径三十センチほどの美しい赤い鳥。

彼女がただの鳥でないことを示すように頭で燃えている炎を撫でながら、僕は小さく呟く。

「いつも、ありがとうね」

「ぴいっ」

そう言うと、元気よくヒナは鳴き声を上げる。

そして次の瞬間、ヒナはその場から姿を消した。

そう、ヒナは僕が召喚できる精霊の一体だ。

初級とはいえ、火を司《つかさど》る精霊がヒナ。

また、一番なついてくれていて、一番自由に動いてくれる精霊だった。

「……と言っても、頼りすぎてる気もするけどな」

そう言いながら、僕はまた苦笑する。

むしろ、頼まない方がヒナが怒るので甘えていたが、もっとヒナには感謝した方がいいかもしれない。

そう思いながら、僕はふと顔を上げる。

木の葉の間から注ぐ赤い夕日に目を細めて、僕は呟く。

「もう日が暮れてるのか……」

自身の白い髪が、爽やかな風に吹かれてなびく。

こうして夕日を見るのも、もう何百ではなく、何千回だろうか。

「……あれから、五年か」

そう呟いた僕が思い出すのは、自分の運命が変わったあの日、スキルが発現した十歳の誕生日だった。

あの時から五年、僕はあの頃からは想像できないほどにこのスキルが気に入っていた。

召喚できる精霊達に会えたこと、一時《いっとき》だったとはいえ、こんな僕を鍛えようとしてくれた人がいたこと。

それらは全て、僕がこのスキルを持っていたから出会えたのだ。

そのはずなのに、僕は気づけば無意識に口を開いていた。

「もし、僕が……」

そこまで言い掛けて、僕は苦笑する。

なんて自分は未練がましいのだろうか。

自分は十分に恵まれている。

これ以上望むのは、不相応《ふそうおう》だと。

それに昔よりは両親も……。

「ここにいたのか、ライバート」

反射的に僕が顔を上げると、そこにいたのは見知った顔。

「……父上」

その姿を目にした瞬間、僕の心が高鳴り始める。

痛いくらい鼓動を打つ心臓から必死に気をそらしながら、僕は頭を下げる。

そんな僕に対し、父は朗《ほが》らかに笑う。

「おい、私達は家族だろう。頭など下げなくてもいいんだぞ」

それは、僕を気遣った言葉。

しかし、それを聞く僕の心臓はさらに強く痛む。

次の言葉にある期待をしてしまったが故に。

「いくら忌み子の身分でも、そこまで気を使わなくていいんだぞ」

「……っ」

けれど、その僕の期待はあっさりと裏切られる。

……父の言葉はいつもとまるで変わらないものだった。

にっこりと笑いかけてくる父。

その顔に浮かぶのは、紛れもない善意だ。

父に向けて僕は何とか、笑みを浮かべる。

……ここ数年で、とてもうまくなった能面のような笑顔を。

「いえ、私のような人間をまだ家に置いてくれているのです。感謝の証として頭くらい下げさせて下さい」

「そうか、お前がそう言うなら……」

僕の言葉に、満面の笑みで父は頷く。

それを見ながら、僕は自分に言い聞かせる。

これで良いはずだと。

これが、家族から慈悲をもらっている僕がするべきことなのだと。

「それにしても、また鍛錬などしているのか」

少し不満げな様子で父が口を開いた。

その言葉に、僕は咄嗟に口を開く。

「家族に危害が及んだ際、少しでも役に立てるようにと思いまして。少しでも恩を返すために動いておかないと」

「……その心は確かに殊勝《しゅしょう》で良いな。だが、別に根を詰めなくていいのだぞ」

その瞬間、僕の心臓が急速に締め付けられる。

だが、そんなことに気づくこともなく、笑顔で父は告げた。

「どうせ、召喚士のお前がなにをしても無意味なのだからな」

その言葉に、僕の中に少し前まであった自負が崩れていくのを感じる。

この五年、必死にやってきたことは少しくらい身になっているだろうという思い。

「これまでなにをしても意味などなかったのに、お前も馬鹿だな。素直に諦めて、おとなしく過ごせばいいのに。無駄なあがきは見ていて滑稽だぞ？　――召喚士は忌み嫌われるだけではなく、大した能力などない穀潰しだぞ？」

その思いが悪意のない父の笑顔に崩れていくのを僕は感じる。

「まあ、心配するな。穀潰しだろうが私はお前を見捨てはしない。今までお前を育てるのに、どれだけ金をかけてやったと思う？　他の貴族であれば、すぐに家から追い出す忌み子にだぞ」

「そう、ですね。そんな僕をこうして家族として認めてくれる父上には、本当にどう感謝すればいいのか」

何度も何度も言ってきたはずの、その言葉。

しかし、何故か今だけはその言葉を言うのに、僕は異常な抵抗を感じずにはいられなかった。

それでも僕は嫌悪感を飲み込み、笑顔で告げる。

「本当にありがとうございます、父上。こんな優しい家族がいて、僕は幸せ者です」

「はは。家族なのだから気にするな。……と、忘れるところだった。家宰《かさい》のヨハネスが呼んでいたぞ。いつもの雑用だが、それくらいの手伝いはこなしてきてくれ」

「それしか、召喚士の僕にできることはないのだから、ですよね」

僕が先んじて父の台詞を告げると、少し目を見開いた後、父はまたもや笑みを浮かべる。

「ああ、よく分かってるじゃないか。あまり待たせるなよ」

そう言うと、父は機嫌良さげに立ち去っていく。

……その背中を見ながら、僕はこの場から動くことができなかった。

鉛のように重い足を感じながら、小さく呟く。

「僕は、恵まれている。他の貴族は、召喚士の子供を捨てているんだ。忌み子を貴族がどう扱うか知っているだろ？」

それはいつも家族に言われる言葉。

本当にそうだと、僕は恵まれていると、そう思っている。

実際に、他の貴族達と会った時に向けられる嫌悪の視線は僕の頭に焼き付いている。

捨てられずに、こうして育ててくれた家族は間違いなく善人で、その子供である僕は運が良かったと。

なのに、どうしてか僕は頻繁《ひんぱん》に考えてしまう。

……いっそ、捨てられていたら僕は、こんな惨《みじ》めではなかったのではないかと。

「なんだか、疲れたな……」

ゆっくりと僕は歩き出す。

その足取りは、どうしようもなく重いものだった。

◇◆◇

「ライバート様、本当に助かりました！」

感謝を滲ませた笑顔で家宰のヨハネスは告げる。

「ライバート様が協力してくれなかったら、一体どれだけの時間がかかったことか……。本当にライバート様は優秀な方で助かります！」

そう頭を下げるヨハネス。

それは本来であれば、嫡男へのお世辞であると分かっていても僕に自信を与えてくれる言葉だった。

僕がある程度、スキルと自分を認められているのには、ヨハネスやその他の使用人の言葉が大きい。

……けれど、今日はその言葉でさえ僕の心を締め付ける。

それでも、必死に心配をかけないよう、僕はいつも通り口を開く。

「気にしないで。これくらいしか僕にできることがないだけだから」

「……いえ、ライバート様は十分努力もされて、頑張られておられますよ？」

その言葉に、僕はぎこちなく笑みを浮かべる。

何故なら僕は知ってしまっているのだ。

僕は所詮、変わっていないことを。

……父にとっては、ただの穀潰し以外の何者でもないことを。

その気持ちが出てしまっていたのか、ヨハネスの表情が変わった。

「ライバート様……？　少しはライバート様も自信を持たれても大丈夫だと思います。先日単身でオーガを討伐したことといい、間違いなくライバート様は……」

「父上の言葉は、穀潰しで変わらなかったよ？」

「……っ」

僕が自分でなにを言ったのか理解したのは、呆然としたヨハネスの顔を見た時だった。

……こんなこと言うつもりなど、なかったのに。

ヨハネスの反応を見て僕は一瞬思考が止まり、しかし次の瞬間ぎこちなく笑みを浮かべた。

「……ごめん、他の手伝いはもうないよね？　僕はまだ鍛錬の途中なんだ。それに、ヨハネスも今日は他家に出かける用事があるんだろう？　もう僕は鍛錬に戻っていい？」

「は、はい。わざわざお手数をおかけしてしまい、申し訳ありませんでした」

その声を聞きながら、僕はヨハネスに背を向ける。

「……こんなんだから、誰にも認められないんだろうが」

誰も聞くことのない自己嫌悪の言葉。

それを呟くと唇を噛《か》んだ僕は、早足でその場を去ることしかできなかった。

◇◆◇

それから僕は誰もいない裏山に向かった。

「はっ、はっ」

汗が滲み、召喚の練習でできた傷がしみるが、それを無視して僕は日課である素振りを繰り返す。

普段なら、素振りは無心で行う。

しかし今日に限っては、余計な記憶が頭に蘇って鍛錬に集中できない。

……実は、僕の剣術は我流ではない。

かつて、僕は高名《こうめい》な剣士だった老人の道場に、父と母に懇願して入れてもらったことがある。

剣士もスキルの有無で能力は変わる。

けれど、剣術を身に着け精霊と協力できれば少しは戦えるのではないかと考えたのだ。

僕のその気持ちが伝わったのか、その道場の老人は親身になって教えてくれた。

それも剣術だけでなく、精霊の使い方に関しても。

今思えば、初めて僕のことを理解してくれたのはその老人だったかもしれない。

けれどその老人と過ごす日々も、数ヶ月であっさりと幕を下ろすことになった。

……突然父と母が、老人の下に行くことを拒否したのだ。


――惨めな姿をもう余所にさらすな。


その時に言われた言葉は、今でもはっきりと覚えている。

必死に忘れようとしてきた言葉で、少しずつ意識しないようにしてきた言葉。

けれど今は、どうしてもその言葉が蘇って仕方なかった。

「……くそ」

その言葉を振り払おうと、僕は必死に素振りを繰り返す。

「なにしてんの？」

「っ！」

はじかれたように声の方向へと振り向いた僕の目に入ってきたのは、一人の少女だった。

暗くなってきた状態でも目に入る艶《つや》やかな金髪に、勝ち気な青い目。

白い髪の僕と違って、きちんと父と母の子供であることを示す外見をした少女は、僕を冷ややかに見つめて吐き捨てる。

「こんな時間になにしてるのよ、あんた」

「……アズリア」

そう、彼女こそ僕とは違う優秀なスキルを得た実妹、アズリア・カスタルネットだった。

見るからに機嫌の悪そうな彼女の姿に、僕は内心思う。

……まずい人間に見つかってしまったものだと。

咄嗟《とっさ》に半歩下がり、半身になった僕は、できる限りいつも通りに口を開く。

「僕はいつものことだよ。それよりも、アズリアがこんな時間に屋敷から出るのはよくないんじゃないかな？」

「余計なお世話よ。それともなに？　私が来て困るようなことでもあったの？」

そう言うアズリアは僕の上半身を凝視していて、僕の額に一筋汗が流れる。

……これは間違いなく、僕が半歩下がったのに気づいている。

内心焦る僕に対し、アズリアは遠慮なく踏み込んでくる。

「あんたごときが私に反抗しようなんて許されると……」

アズリアの表情に険しさが増した。

観察するような目線が僕に向かっていることに気づき、僕はいやな予感を覚える。

「まだ予定があるから僕はちょっと……」

僕は適当なことを言って去ろうとするが、けれど無理だった。

……その前に、僕の身体をアズリアがつかんだせいで。

顔が青ざめた僕に対し、アズリアが口を開く。

「ねえ、もしかしてなんだけど？」

それはいつになく優しい声。

けれど、それが妹の怒りの証であることを、僕は知っていた。

「おにい、また怪我した？」

……そう言って笑顔でこちらを見るアズリアの目には、一切の光がなかった。

やらかした。

アズリアの言葉を聞いた瞬間、僕の胸に広がったのはそんな言葉だった。

しかし、内心の動揺を何とか胸に押し込んで僕は笑ってみせる。

「そんなことないけど？　少し疲れただけ……」

無言でアズリアが、咄嗟に隠していた僕の右腕——。

精霊との訓練で作ったやけどへと、手を伸ばした。

「……っ！」

できて間もない傷への刺激に、背中にいやな悪寒《おかん》と鋭い痛みが走り、僕は思わず身体を硬直させる。

そして、そんな僕ににっこりと笑いかけてアズリアは告げた。

「まだいいわけある？」

「……ないです」

「はぁ……。本当にどうしていつも私の話を聞かないのかしら」

そう嫌みたらしく大きなため息をつくアズリアに、僕はなにも言えずただ背中を縮めることしかできない。

そんな僕に、アズリアは無言でこっちに来いとジェスチャーする。

それだけで妹の目的を理解するには十分だった。

上半身の服を脱いだ僕は、アズリアの方へと向かう。

そして、先程できたやけどをアズリアの方へと向けた。

「ん」

その瞬間、患部が緑色の光に包まれる。

傷が治っていくこそばゆい感覚を覚えながら、僕は身体から力を抜く。

そして、アズリアへと口を開いた。

「……いつもごめんね」

「本当に反省しなさいよね。私のスキルにどれだけ、お世話になってきてると思ってるの?」

その言葉に、僕は苦笑するしかなかった。

本当にアズリアには頭が上がらない。

そう、アズリアのスキル。

それは僕と同じ非戦闘系でありながら、圧倒的価値を誇る治癒スキルだった。

僕と違い、社交界でもアズリアの評判は高い。

……そんなアズリアに、僕は劣等感を覚えていた。

実のところ、こうしてアズリアが僕のところに来てくれるのはこれが初めてではない。

一体何度こうして傷を治しに来てくれたか、もう数え切れないくらいだ。

両親にも期待される才能を持ち、そして人間としても優しい完璧な妹アズリア。

僕の側にいてくれるアズリアの存在にありがたみを感じながら、同時に僕は彼女の存在と自分を比べずにはいられなかった。

どれだけ頑張ろうが、最終的には無能でしかない自分と。

そして、そんなことを考える度に僕はさらに思うのだ。

……自分は本当になんて情けない人間なのだろうと。

「本当におにいは、私がいないと駄目ね」

……そうアズリアが口を開いたのは、そんなことを僕が考えていた時だった。

その言葉に、僕は自分の胸が痛む。

しかし、何とかその気持ちを抑えて僕は笑って口を開く。

「うん。本当にいつも治癒してもらって助かってる」

「ふ、ふん。本当はすごく面倒なんだけどね！　時間もかかるし、夜も遅いし？　まあでも、私は優しいから。こ、これからも特別に見てあげるわよ！」

そう言いながらも、何故か嬉しそうなアズリアの姿に僕は少し首を傾げる。

……とはいえ、今の状態では僕がアズリアに頼りきりであることは事実だった。

ここまで付き合わせたことに申し訳なさを覚えながら、僕は口を開く。

「本当にいつもごめん。で、でも、最近ようやく僕も自分である程度の傷なら処置できるよう……。え、アズリア？」

僕はアズリアの冷ややかな目に気づいた。

いつになく冷ややかに僕を見るアズリアは、さっと顔をそらして吐き捨てる。

「……そんなんだから、身長伸びないのよ」

「アズリア!?」

ぶすりと僕の一番の弱点をついてきたアズリアに、僕は悲鳴を上げる。

そんな僕にアズリアは悪戯っぽく笑い、立ち上がると僕を見下ろす。

そして、自分の身長と座った僕の高さを比べながら笑った。

「後一年かしら？」

「……言っておくけど、僕も身長伸びてるからね？」

「はっ」

盛大に鼻で笑った後、アズリアは木にもたれ掛かる。

僕は内心衝撃を受ける。

確かに僕の身長は平均的とは言えないが、さすがに妹に背を抜かれるなんてことあり得るわけない。

……ないはずだ。

「とにかく、申し訳なさそうにするのはやめなさい。私は別にあんたに謝って欲しくて、治療してあげてるわけじゃないんだから」

「……え？」

「私は自分がやりたいと思ってるから、あんたに協力しているだけなんだから。役に立ってるなら、ごめんじゃなくてありがとうって言ってくれないかしら」

僕から僅かに顔をそらしてアズリアが告げた言葉、それに僕は目を見張る。

暗くてその顔色は分からない。

ただ、それでも僕にはアズリアが照れているのを理解することができた。

思わず言葉を失った僕に対し、アズリアは焦ったように自分の前で両手を振る。

「あー、もう！　こんなことどうだっていいの！」

「え、アズリア？」

「そもそも私は怒りにきたんじゃなくて他に用があって来たの！」

「……用？」

そう聞き返した僕に、姿勢を直し正面に向き直ってからアズリアは口を開いた。

「あんた、オーガ討伐に参加したんでしょ？　……私くらい、それをほめてあげないと……と思って」

……それは僕がまるで想像もしていなかった言葉だった。

「どうして、それを？」

「……二日くらい連絡もなしに姿を消しておいて、よくそんなこと言えるわね」

そうジト目で告げるアズリア。

しかし、その言葉を聞いても僕の中の衝撃が消えることはなかった。

……何故なら僕は、あの両親は数日僕がいなくても気づかないことを知っているから。

しかし、呆然とする僕に気づくことなくアズリアは続ける。

「ほんと、私にくらい連絡は入れなさいよね。何のための治癒スキルだと思ってるんだか。まあでも、Cランクのオーガ討伐に参加するなんてすごいじゃない！」

にっこりと笑いながら、アズリアは立ち上がる。

「確かに貴族にはそのスキルは嫌われてるかもしれない。でも、私あんたのこと結構……その、まあ悪くないんじゃないかと思ってるわよ？」

アズリアらしい、遠回しな褒め言葉。

しかし、僕はその言葉が染み渡ってくるような感覚を覚えずにはいられなかった。

「……まあ、それだけだから。とりあえず私は寝るわね」

そう告げ、背中を向けたアズリアに僕は何か言おうとして、けれど言葉が思いつかず黙る。

そんな中、ふと思い出したのは先程のアズリアの言葉だった。

「あ、ありがとう。アズリア！」

必死にその言葉を告げると、アズリアの方がぴくりと反応し、動きが止まる。

それからアズリアはゆっくりと振り返った。

「どういたしまして。その……頼りにしてるからね、お兄様」

そう言葉を告げると、アズリアは普段からは考えられないくらいの早足で去っていった。

◇◆◇

「……頼りにしてる、か」

アズリアの背中が見えなくなってから、僕はそう呟く。

アズリアの最後に残した言葉が、僕には嬉しくてたまらなかった。

両親はおそらく僕がオーガを討伐したことを知らないだろうし、興味がないと思う。

けれど、アズリアはわざわざそのことについて僕を褒めるために来てくれた。

それだけで、僕は全てが報われたような気がしてならなかった。

「……本当に、できた妹すぎるだろ」

普段は口が悪く、無愛想。

けれども僕が怪我をしたら真っ先にやってきてくれるアズリア。

その存在がいなければ、僕はこうしてこのスキルを受け入れられた自信はなかった。

「頼りにしてる、か」

そう呟いてから僕は地面に置いていた素振り用の剣を拾う。

「……ヒナ、シロ。もう少しだけお願いしていい？」

その僕の言葉に反応して顕現したのは、少し不機嫌な火の鳥のヒナともう一体、眠そうな目をした子虎のシロだった。

「ぴぃ！」

「……にゃう」

ヒナは何故かやる気満々で、シロは眠そうながらもこくりと頷いてくれる。

「ごめんね。……でもありがとう。きちんと明日お礼はするから」

僕はその二体、主にシロに罪悪感を覚えながらも剣を握る拳に力を込める。

忌み子、そう言われる僕でも認めてくれる人はいる。

それはたぶん、同情とか哀れみからの言葉なのだろう。

それでも、いつか僕はそんな人達に応えられるような能力を身につけたい。

「……だから、今日はちょっとお願いするね」

そして誰もいない暗闇の中、僕の修練が始まった。

◇◆◇

「少し、やりすぎたな……」

修練を終え、そう僕が呟いたのは、もう既に皆が寝静まった時間だった。

明日もヨハネスの仕事に付き合う予定なのに、つい張り切ってしまった。

そう内心反省しつつ、僕はゆっくりと自分の部屋へと向かう。

早く濡れたタオルで身体を拭《ぬぐ》ってから寝よう、と。

異常が起きたのは、その時だった。

「……え」

突然、僕の目の前が照らされる。

それは僕の魔力が発動した印。

精霊が顕現していくのを感じる。

……ただ、それは僕の指示ではなく精霊自身の意思だった。

滅多にないことに呆然とする僕は、目の前に現れた精霊にさらに驚くことになった。

そこにいたのは、一番面倒臭がりで普段はできる限りさぼろうとする精霊、黒い甲羅を持った亀、クロだったのだから。

驚きを隠せない僕に対し、クロは眠たそうな目をいつにもなく険しいものにしながら口を開く。

「ヌシ、ナニカ　キテル」

——そうしてクロが自身の前足を向けたのは、アズリアの寝室だった。

「……っ！」

次の瞬間、僕は反射的に走り出していた。

想像もしない状況に疲労感さえ僕の体から吹き飛んでいた。

すぐに僕はアズリアの部屋の窓が見える場所にたどり着く。

異変を伝え、クロは消えてしまった。

しかし、もう僕にもはっきりと確認することができた。

……黒い服に身を包んだ何者かが、窓から部屋に入っていった姿を。

アズリアが危機に陥っている。

その事実に、僕の頭は怒りで沸騰していた。

「……シロ、お願い」

「にゃう」

走りながら、僕はシロを顕現する。

その瞬間、僕の動きが変化した。

景色が前の倍以上の勢いで流れていく。

明らかに戦士のような前衛のスキルを持っているとしか思えない身体能力が、シロから僕へと授けられたのだ。

一気に僕の走る速度が上がり、アズリアの部屋が目前まで迫る。

次の瞬間、僕は全力でアズリアの部屋の窓へと飛んだ。

窓が割れる音に、身体に走る衝撃。

真っ黒な視界の中、何とか自分が部屋に入れたと理解した僕は、無言でヒナを顕現する。

「おにい？」

……次の瞬間、ヒナの炎で照らされた部屋の中にいたのは、その大きな目に涙を浮かべて震えるアズリアと、その身体にナイフを突きつける黒い服の男だった。

瞬間、さらなる激情が僕の胸を支配するのを覚えながら、僕を驚愕の目で見ている男へと吐き捨てる。

「お前、人の妹になにしてる？」

「……くそっ！」

男はアズリアから僕へと標的を変える。

自分の喉元へと迫る男の腕に、僕は相手の目的が人を呼ばれる前に対処することだと理解する。

恐怖で震えるアズリアが冷静さを取り戻し、叫ぶ前に僕なら倒せる。

目の前の男はそう判断したのだ。

そして、そう理解すると同時に、僕は助けを呼ぶことなく前に踏み出していた。

「……っ」

想像もしない僕の攻撃に、男の腕が標的を失う。

そして、その瞬間僕は男の腹部へと全力で拳を叩きつけた。

「ぐ……っ！」

くぐもったうめき声が、僕の頭上から響く。

しかし、それでも男が構えを崩すことはない。

その姿に僕は相手の力量を理解する。

相手の判断に助けられた形の不意打ちだが、僕の攻撃はもろに入ったはずだ。

なのに、意識を失うどころか、闘志が揺るぎもしないこの男はどんな高位の戦闘スキルを持ってるのか、と。

しかし、驚愕しているのは僕だけではなかった。

「こいつ、ただの忌み子なんじゃねえのかよ……！」

うめくように吐き捨てられた言葉。

そこには隠しきれない驚愕が浮かんでいた。

しかし、動揺を覚えながらも男は止まることはなかった。

次の瞬間、僕に向かって男の猛攻が始まる。

「……っ」

一気に防戦一方になった僕に、男は笑みを浮かべる。

しかしヒナに照らされたその額には脂汗が浮かぶ、男も決して余裕ではない。

けれど、僕も男の攻撃をいなすのに精一杯で、助けを呼ぼうとする余裕などない。

男はそんな僕の様子を観察するような目を浮かべる、僕はこれが男の狙いだと理解する。

このまま僕を倒すことが、男の考えなのだと。

……実際、今の僕は圧倒的不利だった。

室内で戦うには不利だと思った僕は、今武器を持っていない。

そして、僕は素手による戦いの経験がほとんどなかった。

何故か男もナイフを使っておらず、素手でこちらに向かってきている。

だが、圧倒的に向こうの方が素手においては強い。

「ぴよ……」

それを打開しようにも、炎の精霊であるヒナの力は室内で使えない。

室内に燃え移れば、僕どころか恐怖に固まっているアズリアに被害が及びかねない。

自分の有利を確信した男の表情に余裕が浮かんだ次の瞬間、その男の表情が固まった。

「何だ、お前……」

そう、僕の口元に浮かぶ笑みによって。

男の問いに答える余裕は僕にない。

だから、僕は答える代わりに実践することにした。

「……にゃう」

窓の外、頼りになる仲間の眠そうな声が響く。

――その直後、轟音を伴い雷が落ちた。

「……は？」

男にあった余裕がはがれ落ちた。

それどころか、その動きが明らかに鈍る。

目の前にいる僕が、その隙を見逃すわけがなかった。

今度は逆に僕が男へと、猛攻を開始する。

「……お前か！」

その僕の攻撃を受け流しながら、男の顔に怒りが浮かぶ。

僕は答えず、ただにっこりと笑う。

男が僕に向けてきたように。

それが何よりの答えだった。

僕が助けを自分で呼ばなかったのには理由があったのだ。

衛兵を呼ぶ雷を起こしたのは僕が部屋の外に待機させたシロだった。

シロは風の精霊で、雷を扱うことができる。

ただ魔法を使うだけなら気づかれて阻止されるかもしれない。

故に僕は不意打ちが成功し、注意が僕に向いてから発動するよう、胸の中で指示しておいたのだ。

「くそ！　どうして前もって詳細に精霊に指示を飛ばせる？　あの音は間違いなく下級精霊の雷じゃないだろうが……！」

実のところ、僕も精霊に前もって詳細な指示は飛ばせない。

今はシロと考えを共有できているだけにすぎないのだ。

そして、あれは威力の代わりに音と光を強くした初級魔法でしかない。

だが、それを素直に教える義理もなく、僕は無言で男の攻撃をさばく。

そんな僕を、しびれを切らしたように男は睨みつける。

「……少し痛い目にあってもらうぞ」

男の猛攻が始まる。

それは先程とは比にならない攻撃で、一気に空気が張りつめる。

「くっ！」

しかし、焦りを顔に浮かべるのは男の方だった。

状況は変わらない。

室内での戦闘を得意とする男に対し、僕はほとんど武器を封じられた状況だ。

しかし、先程と違って僕には明らかに余裕が存在した。

何せ、僕の役目は衛兵が来るまで時間を稼ぐことだけなのだから。

正直なところ、スキルを持つものが多いわけではない衛兵の実力は僕に劣る。

けれどもこれまで何度も一緒に戦ってきた僕と衛兵はお互いの向き不向きをよく理解している。

彼らさえ来れば、目の前の男にも僕は負ける気がしなかった。

そのことは知らずとも、明らかに危機的状況だと理解している男の動きは、焦りから雑になっており僕は余裕を持って見切ることができる。

この状況が続けられれば、衛兵が来るまで時間を稼ぐのは難しくない。

「……戦闘音が聞こえる！　急げ！」

そして、部屋の扉の向こう、待望の声が聞こえたのはその瞬間だった。

それに僕は笑みを浮かべる。

しかしその時、男の目がぞっとするほど冷たい光を浮かべた。

「仕方ねえ。人質に使えたら最高だったが、警告でも十分仕事は達成したことになる」

そう呟いた後、男は今まで使ってなかった短剣を振り上げる。

「え？」

その切っ先の延長線上にいたのは、未だ事態を理解できていないアズリアだった。

ただその切っ先からアズリアまで距離があり、普通ならまだ数秒の間があると判断する状況。

しかし、僕の背中に悪寒が走る。

このまま放置してはいけない、という。

「ということで痛い目にあってくれや」

「ヒナ……！」

瞬間、僕はその予感に従いアズリアの方へと駆け寄りながら、指示を出していた。

「ぴい！」

「ぐっ！」

僕の声に応え、ヒナの魔法が男の腕に放たれる。

魔法によって剣先がそれ、けれど完全にアズリアからずれることはなかった。

次の瞬間、その短剣からアズリアへと黄色い閃光が放たれた。

「きゃっ！」

「がぁっ！」

……僕の身体がアズリアを覆ったのは、その閃光がアズリアに当たる直前だった。

閃光が身体に当たった瞬間、僕の身体に痛みと強烈なしびれが走る。

すぐにでも意識が飛びそうなその痛みを感じながら、僕は何とか口を動かす。

「ひ、な」

「ぴぃぃ！」

瞬間、ヒナから僕に再生能力が付与され、僅かに僕の身体が楽になる。

身体が修復される異様な感覚を覚えながら、僕の胸に浮かんだのは安堵だった。

一瞬でも僕の動きが遅れていれば、ヒナの攻撃が外れていれば、アズリアに攻撃が当たっていたと。

同時に僕の胸に後悔が浮かぶ。

男のナイフが魔剣であることは、もっと早く想像できたはずだった。

それさえ想像できていれば、こんな危険にアズリアをさらすことはなかった。

……いや、まだ危険は去っていない。

そう自分に言い聞かせた僕は、飛びそうな意識を必死にこらえて立ち上がる。

凄腕の暗殺者に対して、あまりにも致命的な隙をさらしてしまった。

これで攻撃されなかったのは、奇跡と言うしかない。

「……くそ、こんなはずじゃ。どうして、お前がかばうんだよっ！」

しかし、すぐに僕は男の異常に気づくことになった。

やけどを負った傷さえ無視し、呆然とする男。

理由は分からないが、何故か男は立ちすくんでいた。

とにかくこれはチャンスだと僕は攻撃しようとして……膝から崩れ落ちる。

「……くそ」

この状況において、僕の身体の限界は近づいていた。

何とか立ち上がろうとするものの、身体に力が入らない。

突然身体に覚えのある温かい感覚を覚えたのは、その時だった。

「ごめんなさい……。ごめんなさい……！」

ふと後ろを向くと、そこにいたのはそう呟きながら僕の傷を治癒するアズリアだった。

その手には、痛々しい傷ができていて僕は自分が妹を守り切れなかったことを理解する。

それでも今この状況においては、この治癒はあまりにも大きな要素だった。

「ああああぁぁ！」

悔やむのは後だと決めた僕は、最後の力を振り絞り何とか立ち上がる。

「アズリア様……！」

——扉が蹴り破られ、衛兵が入ってきた。

「っ！」

衛兵に気づいた男は、怪我をしているのが信じられないような機敏な動きで跳ね上がり、窓か

ら飛び降りる。

「くそ、追え！」

「大丈夫ですか！　アズリア様、ライバート様！」

数人の衛兵が男を追いかけ窓から飛び降り、残った衛兵が僕達のところに駆け寄ってくる。

僕の緊張が切れたのは、その光景を見た瞬間だった。

なんとか、アズリアの命は守ることができた。

そう僕が理解し……身体から力が抜ける。

「……っ!?　おにい！　死なないで！」

鈍い感覚の中、アズリアのヒールの感覚が身体に伝わる。

お願いだから、僕より自分のことを治してくれ。

そんな言葉さえ、口にする余力もなく、僕はあっさりと意識を手放した……。

忌み子として捨てられた召喚士、実は世界最強

第二章 ◆ 召喚士の追放 ―― Episode 2 ◆

「……っ」

それから僕が痛みにうめきながら身体を起こしたのは、肌寒さを覚える暗闇の中。

「ここは……？」

まだはっきりとしない頭で、自分の現状を把握しようとする。

ヒナのおかげで思ったよりも傷の具合は悪くない。

けれど、その反動故に僕は空腹を覚えずにはいられなかった。

その空腹を抱えながら、僕はぼんやりと考える。

おそらく感覚的に、僕は長時間寝ていたのだろう。

もしかしたら、一日近く寝ていたかもしれない。

つまり、今は夕方近くである可能性があって……それでもこの暗さは異常だった。

一体どこにいるのかと僕は腕を伸ばすと、石のざらざらとした感触が腕に伝わる。

「……は？」

その瞬間、僕は現在地を理解する。

「なんで、ここに……！」

そう、ここは屋敷にある地下牢。

何度か入れられたことがある僕には確信できる。

しかし、現在地が分かってもそれは何ら僕に安らぎを与えはしなかった。

なにが起きたのかという不信感が僕の胸に膨れ上がる。

僕の頭上から、突然光が降り注いだのはその時だった。

思わずまぶしさに目を覆いながら、理解する。

地下に作られたこの地下牢の天井にある入口、それが開かれたことを。

遠慮がちな声がかけられる。

「……ライバート様、もう目覚められたのですか⁉」

「君は……?」

何とか慣れた目で見ると、そこにいたのは僕の顔見知りでもある衛兵の青年。

彼は、少しあわてたような表情で口を開く。

「怪我をされているのに、地下牢に入れてしまい申し訳ありません！　けれど連絡が届くまで、まだ眠っていることに……」

「何だ起きているではないか」

「……っ！」

執事が現れたのは、その青年の言葉がまだ続いている時だった。

その執事の名は、アグネス。

執事でありながら家宰のヨハネスとは仲が悪く、一方父とはよく話している執事だ。

普段アグネスは僕のことを毛嫌いしている、それ故に僕は疑問を抱く。

……どうしてこいつが、わざわざ僕のところに来たのか。

その僕の疑問が分からないはずはないのに、アグネスは僕に理由を説明することはなかった。

代わりに、青年の方を見て吐き捨てる。

「起きているならもう待つ理由もあるまい。早くつれてこい」

そう言って、さっさとアグネスは去っていく。

その背中を青年は少しの間、睨みつけていたが、絞り出すような声で告げる。

「……申し訳ありません。ライバート様。ついて来てもらってよろしいでしょうか？」

「うん。ちょうど状況を知りたかったところだ。案内を頼むよ」

青年に、僕はできる限り明るい声でそう告げる。

けれど、その実僕はきちんと理解していた。

――今の自分は、明らかにまずい状態にあるということを。

◇◆◇

それから、できるだけゆっくりと歩く青年が案内してくれたのは、敷地内を区切る門だった。

そこには、先程姿を見せたアグネスと衛兵達……そして両親が待っていた。

その光景に、僕は目を見開く。

僕の想像通り長い間寝ていたのか、もう外は暗くなりはじめていた。

そんな時間に両親がこんな場所で待っているなど、普段ならば絶対にない。

地下牢にいたことといい、まるで理解できない異常事態に僕の頭を疑問が支配する。

しかし、それでも僕は足を止めることはなかった。

そんな異常事態よりも気になること……アズリアの安否について確かめたかった。

「ライバート様⁉」

故に僕は、前を歩き案内していた衛兵を抜かし、両親の下へと歩いていく。

……母が父を押し退けるように前に飛び出したのは、その時だった。

「この、恩知らずが……！」

「っ！」

次の瞬間、僕の頬に熱が走る。

自分が母にぶたれた、そう理解した瞬間、僕は思わず一歩後に下がっていた。

貴族として生きてきた母の、平手打ち。

それは、ずっと鍛えてきた僕にとっては決して痛いものではなかった。

けれど、あの常に貴族然としていた母に殴られたことに理解がおいつかず、僕は呆然と立ちつくす。

そんな僕に母はなお手を振りかぶり、しかし、それが振り下ろされる前に父が母を止めた。

「これ以上はやめておけ」

「でも……！」

「これ以上は損にしかならない」

それは僕には意味の分からない言葉だった。

けれど、父の言葉に母は唇をかみしめ、ゆっくりと引き下がる。

その結果、僕は冷たい目をした父と、自然に二人向き合う形となった。

「……ライバート、お前が忌み子で穀潰しであるのは知っていたし、そうあることも認めていた。だが、今までの恩を仇として返されるとは思っていなかったぞ」

「え？」

そう話しはじめた父に対し、僕は最初、何のことを言っているのかまるで理解できなかった。

衝撃を隠せないでいる僕を睨みつけ、父は吐き捨てる。

「まだ理解できていないのか？　お前が余計なことをしなければ、あんな暗殺者風情に逃げられることもなかったんだぞ！」

「……は？」

その言葉に、僕は今度こそ完全に言葉を失うことになった。

呆然と父を見ながら、僕は動揺を隠すことができなかった。

あの暗殺者が逃げたことを僕が知ったのも初めてだったが、それさえかすむものが父の言葉には込められていた。

余計なこと？　暗殺者風情？

僕は父の言葉を胸の中で反復する。

実際に戦い、そして何とか退けることができた僕だからこそ、父の言葉を受け入れることができなかった。

何故か、あの暗殺者は僕を積極的に殺そうとするそぶりはなかった。

けれど、本当にぎりぎりの戦いだったから、僕はあの暗殺者がどれだけ異常な存在だったか理解できていた。

衛兵が来る時間を僕が稼げなかったら全てが終わっていたことを。

しかし、そんな僕の内心を知るよしもなく父はさらに告げる。

「……なにを理解できないというような顔をしてる？　お前が邪魔をしたせいで衛兵が暗殺者を取り逃したのだぞ！」

呆然とする僕の代わりに、案内してくれた衛兵が前に出た。

「……お待ち下さい、当主様。そんなことはあり得ません！」

想像もしない声に、この場にいる全員の目線がそこに集まる。

「許可も取らずの発言、誠に申し訳ありません！　けれど、あの暗殺者を追いかけたものとして言わせて下さい！」

「貴様、当主様に対し無礼だぞ」

アグネスが、咄嗟に衛兵の彼を睨みつけてそう吐き捨てる。

しかし、彼は止まることはなかった。

「申し訳ありません……。けれど、私含め衛兵だけでは、どれだけ人数がいてもあの暗殺者を止めることはできませんでした！　あれほどの実力者を止められるのは、ライバート様くらいしか……」

「でたらめを言うな！」

　いらだちを隠せない様子で、父がその言葉を遮った。

　怒りの込もった目で衛兵を睨みながら、父は叫ぶ。

「こいつは忌み子だぞ！　そんなことができるわけがないだろうが！」

……その言葉を聞いた時、僕はどうしようもない失望を覚えていた。

　少なくとも僕は、自分がある程度の実力を持っていることくらいは父も理解していると思っていた。

　しかし、それは僕の願望でしかなかったようだ。

　その事実に、僕は虚無感を覚える。

　その時になっても衛兵はまだ止まらなかった。

「いえ、そんなことありません！　ライバート様は私達衛兵からも慕われている方で穀潰しなどではありません！」

　こんな状況でありながら、僕の胸はその言葉に熱くなる。

　ずっと僕には衛兵達は情けもあって、自分のことをほめてくれているのだろうという思いがあった。

しかし今になって、僕ははっきりと理解する。

今まで僕をほめてくれた言葉は全て、心からのものであったことを。

「この、生意気な……！」

衛兵の言葉に喜びを感じていた僕と対照的に父の顔が、怒りに染まる。

そんな父を押しのけ、母が身を乗り出してきた。

「そんなことはどうだっていいのよ！」

怒りどころか、憎悪をその目に宿して僕を睨みつけながら、母は叫ぶ。

「一番大事なのは、あの子。アズリアに消えない傷跡が残ったことでしょう！」

「……は？」

僕の胸にあった、衛兵達の気持ちを知った喜び。

それが消え去ったのは、その言葉を聞いた瞬間だった。

その言葉が聞こえなかったわけがないのに、僕はその言葉の意味を理解することができなかった。

「どういう、ことですか？　アズリアに、傷跡？」

「ええ、そうよ！　貴方の無責任な行動のせいで、アズリアは腕にやけどを負ったのよ！」

「……っ」

その瞬間、あの男の攻撃を受けた時の記憶が蘇る。

あの時アズリアを守りきれず、手に傷を負わせてしまった瞬間を。

僕は決してその時の傷を軽視していたわけではなかった。

傷が残った令嬢は貴族社会で価値を失う。

そうなれば、アズリアの貴族令嬢としての輝かしい未来はなくなってしまう。

だが、アズリアは高度な治癒魔法を扱える。

だから僕は、大事にはならないだろうと考えていた。

すぐに治療していれば、跡は残らない程度の傷だと。

そう考えながら、僕の頭に浮かぶのは自分が意識を失う前、最後の光景だった。

……自分の傷を無視して、僕を治癒するアズリアの姿。

「お前のせいで、アズリアは貴族令嬢として致命的な傷を負ったのよ！」

その時、僕が自分の犯した罪の大きさを理解した。

「……僕、は」

次の瞬間僕の口から出たのは、自分のものだと信じられないようなかすれた声だった。

その時にはもう、今まであった胸の熱さなど消え去っていた。

あるのはただ、自分がやってはいけないことをしてしまったという後悔の念。

「そこまでにしておけ」

父が、息を荒らげる母を制止した。

母よりは幾分《いくぶん》ましな、けれど怒りが滲む目を僕に向けて父は告げる。

「これでお前は、自分がどれほど軽率なことをしたか理解できたか？」

その言葉に、僕はなにも答えることができなかった。

ただ、心の中に浮かぶのは罪悪感。

……僕は、家族の中で唯一自分に対して親身に接してくれていたアズリアの未来をつぶしたのだ。

うなだれる僕に対し、衛兵だけは止まることはなかった。

「お待ち下さい、当主様……」

「貴様は黙っておれ！　これは家族の問題だぞ」

「いえ、黙りません！　どうか聞いて下さい。ライバート様は……」

僕が衛兵を制止すべく手を伸ばす。

衛兵は反射的に僕の手を振り払おうとして、その途中で動きが止まった。

「……ライバート、様？」

「ありがとう。……でも、もう大丈夫だから」

そう何とか微笑んだ僕は、父に向き直る。

そして、深々と頭を下げた。

「……父上、この度は誠に申し訳ありませんでした」

その動きだけで、僕の傷ついた身体には痛みが走る。

しかし、そんな僕の異常に一切気づくそぶりもなく、父はうれしげに笑って告げる。

「そうか、ようやく理解できたか。自分がどれだけ考えなしに行動したかを？」

あの瞬間の、僕の決断が間違っていたか。

そう聞かれても、僕には判断ができない。

けれど、その言葉に僕が反論することはなかった。

ただ、頭を下げた状態のまま、父の言葉に僕は頷く。

「……はい。なにを言われても、僕は従います」

そう言いながら、僕の頭に浮かぶのはアズリアの笑顔だった。

あのできた妹の貴族としての人生を僕は台無しにした。

唯一僕を家族として見てくれていた人間さえも、僕は守り通すことができなかった。

……そんな自分が、僕は誰より許せなかった。

「そうか。ようやく自分の立場を理解したか。……もっと早くに自分の立場を理解できていれば、こんなことにならなかったのにな」

その僕の言葉を受けて、そう父は見るからに残念そうに告げる。

そして、淡々と僕に向かって吐き捨てた。

「ライバート、今まではどれだけ忌み嫌われていても、役に立たなくても受け入れてきた。しかし、もう無理だ。貴様を勘当する。この家から出て行け」

そしてその日、僕は家族という今まで養ってくれた存在から追放されることになった……。

◇◆◇

それから最低限の荷物だけ用意された僕は、衛兵に案内され屋敷の外にある小屋に向かっていた。

そこにある干し肉などで旅支度をして、出て行けということらしい。

……しかし、そこに用意されている荷物は明らかに少なかった。

干し肉に至っては一日持つかどうかの量。

背後にはもう見送る人間などおらず、僕は自分のことながらなんて人望のなさだと笑ってしまいそうになる。

唯一そんな僕を心から心配してくれていたのは、案内してくれた衛兵だけだった。

本当にもったいない人が見送りに来てくれたものだと、僕は内心思う。

……この衛兵とも、アズリアとももう会話することができない、その事実に僕の胸が少し痛む。

前を歩いていた衛兵が止まったのは、そんな益体《やくたい》のないことを考えていた時だった。

「ライバート様、本当に申し訳ありません……！」

僕からは彼の背中しか見えない。

けれど、その背中は震えていた。

「俺はライバート様の努力も、得た実力も知っていたのに、なにもできなくて……」

「そんなことは言わないでくれ」

その言葉は、反射的に口から出た本心だった。

心から僕は、この場に衛兵がいてくれたことに感謝していた。

しかし、その言葉はさらに衛兵の顔をゆがめさせるだけだった。

「いえ、俺はヨハネス様が戻ってくるどころか、アズリア様が目を覚ます時間すら稼げませんでした。こんな理不尽なこと、許していいわけないのに……！」

その悲痛な言葉に反し、僕の胸には温かい気持ちが生まれていた。

そんな自分に気づき、僕は思わず笑ってしまう。

……この状況になって、僕は初めてこんなにも自分のことを慕ってくれていた人間を知ることになるのかと。

こんな空気の中、思わず笑ってしまう僕に、衛兵は怪訝《けげん》そうな表情を浮かべる。

「ライバート、様？」

「ごめん。でもうれしくて」

そんな彼に謝罪しながらも、僕は笑みを抑えることができなかった。

そのまま僕は、衛兵の彼に問いかける。

「一つ、聞かせてもらっていいかい？」

「……はい、俺に答えられることであれば」

「君の名前を教えてくれないか？」

「……っ」

その言葉に、衛兵の彼は大きく目を見開く。

それも当然だろう。

何せ、僕は仮といっても貴族で、一衛兵の彼とは身分が大きく違う。

本来であれば、衛兵の彼が恐れ多いと断ってきてもおかしくない状況だ。

それでも僕は、彼の名前を聞きたくて仕方なかった。

衛兵は、少し躊躇《ちゅうちょ》した後、口を開く。

「……俺、いえ私はマークと言います」

「そうか。良い名前だね」

そう微笑みかけた僕は、目を見開き固まったマークへ深々と頭を下げる。

本来貴族は頭を下げるべきではない、そう教育されていたが、もうそんなことどうだってよかった。

ただ感謝を伝えるべく、僕は口を開く。

「ありがとう、マーク。君が僕を助けようとここまで庇《かば》ってくれたこと、絶対に忘れない」

「っ！」

くしゃりとマークの顔がゆがんだ。

僅かな誇らしさと、それを遙かに超える怒りと悲しみの入り交じった複雑な表情。

今にも泣きそうな表情で、マークは吐き捨てる。

「どうして、ライバート様ばかりこんな目に……！」

「……マーク」

何とか、笑顔を作り出した僕に対し、マークは決死の表情で口を開く。

「ライバート様、傷にきちんとした手当も施せず、こんな場所に放り出してしまって申し訳ありません。ですが、少しこの小屋で待っていて下さい！」

そう言って、僕を真っ直ぐと見るマークの目は真剣そのものだった。

「一刻も早くヨハネス様がこのことを知れるよう、俺が伝えにいきます！　それに、アズリア様が目覚めればきっとすぐに屋敷に入れてくれますから！」

そう言いながら、さらにマークの顔がゆがむ。

「……当主様はライバート様に思い知らせたいだけで、追い出す気などないのです。ですからどうか、少しだけお待ち下さい……！」

それだけ言うと、マークは軽い一礼をして、この場から去っていく。

全力で走って遠ざかっていくその背中は、何より僕への心配を物語っていて、僕は思わず笑ってしまう。

それから小さく呟いた。

「……本当に、最後にこんな人に会えるなんて思ってなかったな」

そして、こんなひたむきな人が自分を慕ってくれていると知れたこと。

最後に少しくらいはいいことがあるものだな。

「これで満足だろ、僕？」

そう自分に言い聞かせると、僕はゆっくりと足を踏み出した。

このまま待っていれば、マークはいずれ家宰のヨハネスに話を通してくれるだろう。

そうすれば、僕もまたこの屋敷で過ごせるかもしれない。

マークの言葉が気休めではなく、本当に父上には僕を追い出す気がない可能性もゼロではない。

いや、それがなくても少しはこの小屋で休むべきであることくらい僕は理解していた。

何せ、僕の持っている荷物の中に入っているのは本当に最低限の食料だけ。

その上、僕の身体は休めと告げるように、ひっきりなしに痛みを訴えている。

けれど、僕はその身体の痛みを無視して、足を踏み出す。

ゆっくりとした足取りで、それでも僕が足を止めることはなかった。

行く先も分からず、ただ目に見える道に沿って歩いていく。

「……ぴい」

隣に、ヒナが顕現したのはその時だった。

よく勝手に顕現することもあるヒナ。

けれど、普段とは違って今のヒナの顔に浮かんでいたのは、僕に対する心配の感情だった。

その表情に僕は笑おうとする。

でも、無理だった。

「……ごめんね、ヒナ」

僕が浮かべることができたのは、あまりにも力ない笑みとも言えないものだった。

しかし、もうそれをなんとか笑みにすることはできなかった。

この家から出て行くこと、それを僕が一度も考えなかったと言えば嘘になる。

けれど、僕はある目的を達さずに逃げるわけにはいかないと自分に言い聞かせながら生きてきた。

「出て行く時は、僕の評価を覆してから。そう、思ってたのにな……」

そう、自分の価値を家族に認めさせてからこの場所を去ろうと。

そのことを思い出しながら、僕は気づく。

……家を追い出されたことに関して、自分がそこまで衝撃を受けていないことを。

「そっか、僕はあの人達のことなんてどうだってよかったのか」

もちろん、屋敷でよくしてくれた人に対する申し訳ないという気持ちは僕の中にある。

だが、両親に対しては、一切心残りは存在しなかった。

今まで両親から告げられた辛い言葉の数々は、今も胸に深く刺さっている。

でも、それだけだった。

代わりに胸を占めるのは、一人の人間。

その人を思い浮かべながら、僕は告げる。

「僕にとって、家族と思えるのはアズリアだけだったのか」

その呟きに、僕は理解させられてしまう。

今までずっと自分がやってきたこと、その理由は全てアズリアだったことを。
ずっと僕は両親に認められようと努力してきた。
自分は両親を見返したいのだと、そう思いながら。
でも違った。
僕はただ、自分はアズリアの言葉通りの人間なのだと周りに認めさせたかったのだ。
他の誰でもない、アズリアに応えたかった。
あの、僕なんて比にならない自慢の妹の。
——胸を張って誇れる兄になりたかった、ただそれだけなのだ。
「……そう、だったのにな」
なのに僕は、肝心の妹さえ守ることができなかった。
こんな時のためにつけてきたはずの力なのに。
ぽたり、地面に水滴が落ちる。
情けない、そう思うのに僕は自分の感情を抑えることができなかった。
……自分の感情を抑えることだけが僕の取り柄だったはずなのに。
「だから、もう僕はここにいられるわけないよね」
一歩づつ踏み出す足を止めることなく、僕はそう告げる。
体が訴える痛みはじわじわと重くなっていく。
それでも僕は、行き先のないこの旅をやめるつもりはなかった。

ただ無意味に、道の上を歩いていく。

「……ぴい」

心配げな鳴き声とともに、ヒナが僕の背中に寄り添ってくれる。

そのヒナの温もりが、冷えた身体を僅かに暖める。

その温もりへと、僕は精一杯の虚勢を張って口を開いた。

「大丈夫だよ、ヒナ。僕はいつか絶対にアズリアも助けられるような人間になって見せるから」

ヒナは僕の顔から、あえて顔を背けてくれている。

僕がどれだけ情けない顔をしているのか、分かっている。

そう理解しながらも、僕は必死に口を笑みの形にゆがめる。

「きちんとアズリアの誇れる兄に、おにいになって。その時に今までのお礼を言うんだ」

涙がこぼれるのを防ぐために、僕は上を向く。

しかし、そんなことに何の意味もなく、ぼろぼろと流れる涙は眼前に広がる星空を滲ませる。

その光景にさらに涙が溢れそうになるのを感じながら、それでも僕は嗚咽《おえつ》をこらえ、告げる。

「今度こそ僕は、誰かに頼られるような人間になってみせるから」

ゆっくりと、今にも止まりそうな足取りで僕は進んでいく。

涙で滲んだ星光はただ、彼方へ続く道を照らしていた……。

◇◆◇

「ん、んん……」
まばゆい日光が部屋に流れ込む。
その光に反応し、私アズリアは目を覚ます。
まず、目に入ってきたのは自分が伸びをした腕。
そこには治癒で治したのにもかかわらず、やけどの跡が残っている。
「……っ！」
瞬間私の脳裏に蘇ってきたのは、寝る前の記憶だった。
襲ってきた謎の男と、その男と交戦するおにいの姿。
そして、私を庇うために大けがを負った姿。
それらを思い出した瞬間、私はベッドから跳ね上がった。
しかし、私の身体が思うように動いてくれることはなく、私は床に転んでしまう。
……暗殺者の一件から私は寝ずに夕方頃までおにいの看病をしていたのだ。
日差しを見るにまだ早朝で、昨日の私は丸一日近く寝ていない。
まだ身体の疲れがとれておらず、身体が重い。
けれど、私がもう一度ベッドに戻る気はなかった。

何故なら私は、おにいはまだ大けがを負ったままなことを知っている。

命の危険はないが、両親は私の怪我をおにいの責任だと思いこんでいるのだ。

おにいに、どんな仕打ちをするか分からない。

……本当はずっと起きているつもりだったのに。

耐えきれず眠ってしまった自分を恥じながら、私はふらつく身体を引きずり、自室の扉を開ける。

「あ、アズリア様⁉」

ちょうどよく、衛兵の一人が自室の前を通りかかった。

「少しお待ち下さい、当主様に目覚めたことを……」

「待って！」

ぎこちない表情に、嫌な予感を覚えながら私は口を開く。

「……兄は、ライバートは無事なの？」

その言葉に、一瞬衛兵は言葉に詰まる。

しかし、すぐに笑顔で口を開く。

「私が拝見した際には、動く分には問題ない程度に回復されていました！」

「……そう」

その言葉に私はまず安堵する。

けれど、完全に安心することはできなかった。

何事もなかったと安心するには、目の前の衛兵の様子はあまりにも挙動不審だった故に。

「ありがとう。それなら貴方、えっとマークだったかしら？　兄の部屋に私を……」

その時だった。

「傷の処置も最低限⁉　ライバート様に何かあればどうするのですか！」

……向こうの部屋、父の書斎のあたりから怒声が響いてきた。

その声は普段滅多に叫ぶことのない、家宰のヨハネスの怒声。

それだけでも異常なのに、その内容は私にとって聞き流すことのできないものだった。

「……っ」

「アズリア様！　お待ち下さい！」

猛烈に嫌な予感を覚えた私は、マークの制止を無視して部屋から飛び出す。

すぐにマークも追いついてくるが、私が目的の部屋の扉に手をかける方が早かった。

ばん、と普段たてたことのない音とともに扉を開ける。

開け放たれた扉から露わになったのは、こちらを見る両親とヨハネス、そしてアグネスという執事の姿。

「……アズ、リア？」

私の名前を呼んだ父は、私を信じられないような物を見る目で見ていた。

それも当然だろう。

何せ、私がこうしてノックもせずに扉を開くような不作法を働いたのは初めてのことだったのだから。

だが、そんなことでさえ今の私にはどうでもよかった。

父に半ば睨むような視線を送りながら、口を開く。

「……教えて下さい。ライバートは、兄はどうしたんですか？」

私の言葉に、しばらくの間誰も口を開かなかった。

しかし、少ししてヨハネスが顔をゆがめて口を開いた。

「ライバート様はこの屋敷から去られました」

「……え？」

その瞬間、私はその場にへたり込みそうになる。

実際、後ろにまで来ていたマークが手を貸してくれなければ、私は座り込んでいただろう。

そんな私を見て、父は怒声をあげる。

「ヨハネス！　まだアズリアには隠しておけと……」

「で、何日隠せますかな？　数日の間でも稼げればよい方でしょう。そんな時間稼ぎに何の意味がありますか？」

一歩も引かないヨハネスに、父は押し黙る。

しかし、ヨハネスはさらに吐き捨てる。

「それとも、こうお伝えしましょうか？　ライバート様は当主様方と、そこの青二才によって追い出された、と」

「……は？」

その言葉に、私は父を見つめる。

しかし、どれだけたってても父がヨハネスの言葉を否定することはなかった。

「どうして、ですか？」

かすれた声を出しながら、私の胸にあるのは怒りではなかった。

代わりに胸を支配するのは、どうしようもない後悔。

父がこういう手段に出ることくらい、私には想像できたはずだった。

それで苦しんでいた兄をずっと見てきたのだから。

……故に、そんな状況下でのんきに眠りこけていた自分を、私は許せなかった。

思わず唇をかみしめる私に、父が忌々しげに告げる。

「本当に追い出す気などなかったのだ。少し罰を与えるために勘当と言えば……、それを拗ねてあいつが出ていったのだ！」

その言葉に私は絶句する。

……それは自分の両親から出たと思いたくない言葉で。

しかし、そんな父を援護するように隣に立つ母が口を開く。

「私達への当てつけのつもりよ！　今回の件で許されないことをしたのはあの男の方なのに！

アズリアを傷つけておいて……！」

「……私はそんなこと望んでない！」

私は反射的にそう叫んでいた。

母を睨みつけ、私は叫ぶ。

「あの人は私を庇って大けがを負いました。それを感謝することさえあれ、とがめることなんて……」

しかし、その勢いもすぐにやむ。

私を見る両親は黙っていた。

けれど、その顔だけでなにを思っているのか理解するには十分だった。

すなわち、私の言葉はひとかけらさえ、両親の心に伝わっていないのだ。

「お前はなにも気にすることはないのだ、アズリア。あの男さえいなければ、お前が傷を負うこともなかったのだぞ？」

そう告げてくる父に、私はどう言えば自分の内心が伝わるか分からず黙る。

「話になりませんな。まだなにも理解しておられないとは」

ヨハネスが淡々と口を開いたのは、そんな中だった。

「……なにがいいたいの？」

忌々しげに睨むお母様の視線を真っ向から見返し、ヨハネスは口を開く。

「ライバート様がいなければ、アズリア様は死んでいましたよ」

その言葉に、部屋の空気は一瞬で凍りついた。

誰もがヨハネスを凝視する中、不自然にも見えるほどヨハネスは淡々と言葉を重ねる。

「ライバート様が駆けつけていなければ、ここにアズリア様の姿はなかったでしょうね」

「っ！」

苛立ちを隠せない様子で母がヨハネスを睨む。

「うるさい！　そもそも、一体誰のせいであんな人間……」

「少し落ち着け」

それを制止したのは、父だった。

冷ややかにヨハネスを見ながら、父は口を開く。

「召喚士の使う初級精霊に手こずる程度の暗殺者だぞ？　そんな奴に、我が家の衛兵が負けると本気で言っているのか？」

「……当主様は我が家の衛兵の実力を知っていると？」

「当たり前だ、ヨハネス。我が家の衛兵の中にはCランク冒険者に匹敵する強者が存在することを私が知らないわけがないだろうが」

その言葉に、私は唇を噛み締める。

父の言葉は決して的外れな考えではなかった。

……そう、おにいの実力以外は全て。

あの闘いをこの目で見た私が何より、あの戦闘のレベルの高さを理解できている。

けれど、その気持ちを私が口にすることはできなかった。

……どうすれば、その言葉を父に届かせることができるのか、私には分からなかった。

こうして父がおにいのことを見下したような言動をするのは、日常風景だった。

当初は否定しようとして父に兄を蔑むのはやめて欲しいと訴えていたが、その言葉が父に響くことは今までもなかった。

今回だって、その二の舞になる未来しか、私には見えなかった。

その私の想像を裏付けるように、父はさらに続ける。

「どうせ、今回も少し意地になっているだけに決まっておる。少し探せば……」

「いえ、もうライバート様は戻ってきませんよ」

淡々とヨハネスが遮った。

ぞっとするほど温度のない目で父を見ながら、ヨハネスは告げる。

「今まであれだけ酷い扱いをされてきたライバート様が初めて反抗したのです。その意味がまだ分かっていないのですか？　こんな場所にあの方が戻ってくる理由があるとでも？」

「っ！　うるさい！　あの忌み子の穀潰しを雇う場所など……」

「あの方は馬鹿にしていい存在ではない！　何度言えば貴方は理解するのですか！」

ヨハネスが耐えかねたように声を荒らげた。

滅多にないヨハネスの怒りに、父まで言葉を失う。

無言の部屋の中、ヨハネスの怒声が響く。

「あの方を忌み子と呼ぶのはやめて欲しい。あの方は当家に必要である。私が何度そう言ったか当主様は覚えていますか？」

「そのよう世迷言、覚えているものか！」

「ならばもう一度言いましょう。あの方は忌み子ではないし穀潰しでもない。あの方がいなければ当家は潰れる！」

そう言いながら、ヨハネスは怒りに燃えた視線を両親、そしてアグネスに向ける。

「――真の穀潰し、この家のお荷物はあなた方でしょうが！」

「貴様……！」

その瞬間、今まで黙っていた父の目に、怒りが宿る。

それも当然だろう。

プライドの高い父にとって、臣下であるヨハネスにこのように言われることは許せないはずだ。

そんな父に反応するように、アグネスが前に出る。

「ヨハネス様、今まで貴方を家宰として信頼してきましたが……」

「寄生虫は口をつぐんでおれ」

「……っ！」

ヨハネスらしからぬ辛辣な言葉に、アグネスが言葉に詰まる。

しかし、すぐにその顔に怒りを浮かべ、アグネスは口を開いた。

「聞き流せない侮辱ですな！　長年この家に仕えてきた私のどこが……」

「貴様がしてきたことを私が知らないとでも思っているのか？」

ヨハネスの言葉に、露骨にアグネスの顔色が変わる。

「ライバート様がこんな悲惨な目にあっているならば、貴様のことなどどうでもよかったのに……」

「な、なにを……」

「黙っておれ。後でお話しする予定でしたが、もう今でよろしいでしょう」

アグネスの言葉を無視し、父に向き直ったヨハネスは懐から一枚の書類を取り出す。

「これは交易相手である他家から得た資料、アグネスが横領を行っていた証拠です」

……その瞬間、アグネスの顔から表情が消えた。

ヨハネスの言葉、それは信じられないものだった。

けれど、そんなことあり得ないと言うには、あまりにもアグネスの表情は真に迫っていた。

ヨハネスはそんなアグネスを無視し、呆然とする父へ書類を手渡そうとする。

アグネスが行動を起こしたのは、その時だった。

「……出鱈目《でたらめ》を！」

そう叫びながらも、決死の表情でアグネスは手を伸ばす。

その先にあるのは、もちろんヨハネスの手に握られた書類。

けれど、その書類にアグネスの手が届くことはなかった。

そのアグネスの行動を予知していたように、ヨハネスが避けたが故に。

「その行動が何よりの証拠だと気づかぬのか」

そうアグネスにさげすんだ視線を送りながらも、ヨハネスは書類を父に渡していた。

アグネスの顔に絶望が浮かび……父の顔色が変化した。

「アグネス！　貴様、私が今まで目をかけてやった恩を……」

「っ！」

脱兎のごとくアグネスが身を翻したのはその瞬間だった。

「どけ！」

「きゃっ！」

私を押しのけ、アグネスは部屋を後にする。

一拍後に、表情を怒りで染めた父が叫ぶ。

「その男を逃がすな！　そいつは罪人だ！」

「もう既に手は回しております」

「……は？」

想像もしていないヨハネスの言葉に、父の顔から怒りの表情が抜け落ちる。

そのヨハネスの言葉の意味は、すぐ分かることになった。

「この、離せ！　私は執事……」

「今は罪人。そう言われたのが聞こえなかったのか？」

アグネスと、外にいたらしい衛兵の会話。

それは遠くの声ではなかった。

それはつまり、アグネスがほとんど逃げることもなく捕まったことを物語っている。

……まさか、ヨハネスはアグネスが逃げることを想定していたのか。

そう理解した私の頭の中、部屋の前にいた衛兵マークの姿が蘇る。

もしかしたら、衛兵が私の部屋の前にいたのも、アグネスが逃げた時の対策だったのか。

その考えに行き着いた私は、ヨハネスを見上げる。

「他家にまで出向き、証拠を集めた甲斐がありましたな」

そう告げるヨハネスの視線の先、そこには私と同じように呆然とヨハネスを見つめる父と母の姿があった。

しかし、私達の反応と対象的にヨハネスは冷静そのものだった。

その様子に、私は理解させられる。

……ヨハネスはずっと前から、アグネスの横領に気づいていて、今日のために準備をしてきたのだと。

つまり今は、ヨハネスにとってようやくアグネスを糾弾できた瞬間になるのだろう。

それに反して、ヨハネスの顔に喜びはなかった。

それどころか、苦しさを隠せない表情でヨハネスは告げる。

「いや。こんな事態に……ライバート様と比べればあんな小物などどうだってよかった」

その表情のまま、ヨハネスは口を開く。

「これで少しは理解できますかな？　どうしてあんな寄生虫がいながら、この領地が運営できていたのか」

そう言ってヨハネスが示した書類に書かれていたのは、決して少なくない横領の証。

それこそ、貴族でさえ被害が少ないとは言えないほどの。

「その全てはあの方、ライバート様がいたからです」

そうして、ヨハネスは再度あの言葉を告げた。

「忌み子と蔑まれながら、ずっと当家のために尽くして下さったのがライバート様です」

ヨハネスの言葉に、今度こそ父はなにも言わなかった。

なにもかも受け入れられないと言った様子で、ただ立ち尽くしている。

だが、ヨハネスは容赦しなかった。

「あのほとんど働かない執事の分、倍以上の働きをライバート様は行っていました」

「……ほぼ雑務であろうが」

「ええ。ですが量に関して言えば、私以上の働きをして下さっておりました」

淡々と父の反論をつぶすヨハネス。

その無感情な様が、何より雄弁に物語っている。

そう、ヨハネスの言葉が事実であることを。

「それだけではありません。この領地の軍事力が高いと言われる所以もライバート様です」

「違う！　それはこの領地の衛兵が……」

「確かに、この領地の衛兵は精鋭揃いです。ですが、余所の衛兵より圧倒的に少ないこの数で、軍事力を誇れるわけがないでしょうが」

そう言いながら、ヨハネスの目には冷ややかな光が浮かんでいた。

それは言外に、この言葉を父に訴えたのが一度ではないことを語っている。

そして、その度にはねのけられてきたことを。

……しかし、今度ばかりは父もヨハネスの言葉の重さを理解せずにはいられなかった。

「それでもなお、この領地が精鋭を有していると言われ続けたのは、ライバート様の実力の賜物です。――上位冒険者、Cランク並の実力を持った強者とはライバート様のことです」

「……なっ！」

その言葉に、父が思わず声をあげる。

そして、今回に限っては私も驚きを隠せなかった。

「う、嘘……」

何せ、Cランクの魔獣は小さな街ならつぶせるだけの力を持ち、それと戦うCランクは冒険者にとって一つの節目とされるランクだ。

生涯のうち、Cランクに至ることが冒険者の栄光とされ、ほとんどの冒険者がDランクのうちに生涯を終える。

そんな高ランクに、おにいが至っていた？

「いえ、本当ですよ、アズリア様。何せ、以前お話ししたオーガはCランク上位と言われる魔獣です。それを、ライバート様はほぼお一人で討伐されたのですから」

「っ！　私、なにも……」

その言葉に、私は今更ながら知ることになる。

自分はあまりにも無知であったことを。

オーガが脅威であると言うことを知りながら、その脅威がどれほどなのかも私は理解していなかった。

そもそもヨハネスからの話を聞いても私は、オーガとの戦いの一部におにいが参加した程度のものだと思いこんでいた。

そのことを今になって理解した私に対し、ヨハネスは優しく微笑んだ。

「……アズリア様には、私はあえて詳しくお話ししておりませんでした。ですから、気にやまれることはありません」

そう言って、ヨハネスは視線を父と母に移す。

その時にはもう優しげな色は消え、そこにあったのはどこまでも冷たい目だった。

「ですが、当主様方には何度も、何度も、何度もお伝えいたしましたよね？　あの方を忌み子と呼ぶのはやめて欲しいと」

そう告げるヨハネスの顔には怒りの感情が浮かんでいた。

しかし、それ以上に諦めの感情があることに私は気づく。

「そしてもう一度言いましょう。……もう、あの方がこの屋敷に戻ってくることはありません」

僅かな焦りと、怒り。

そして、達観したような表情でヨハネスは告げる。

「そして、この家の家宰として断言します。――あの方がいなければこの屋敷は立ちゆかない」

◇◆◇

それから、両親は逃げるように書斎を出て自室に戻って行った。

最後まで、ヨハネスの話は信じず、ライバートを探せと叫びながら。

……そして私も、部屋に戻ることしかできなかった。

私の頭の中に、ヨハネスから聞いた話が蘇る。

ほとんど初めて聞いたような話が。

そう私は、その話のほとんどを知らなかった。

聞いたことがあるのは、おにいがオーガの討伐に参加したことと、少し書類仕事を手伝っていることだけ。

それさえ私は、オーガを倒すのに少し貢献した程度で、書類仕事も雑務を手伝っているだけだと思いこんでいた。

そんな状態でありながら私は、まるでなにもかも知ったような顔でおにいと接していたのだ。

ぽたり、と水滴が床に落ちる。

一体そんな私を、おにいはどう思っていたのだろうか。

そう思うだけで、私は胸が痛くてたまらなかった。

どれだけ私の過小評価に傷ついていたとしても、おにぃは私を憎んでいないと分かるからこそ。

……何故なら、私が襲われた時必死の形相で、命さえ失いかねない状況の中助けてくれたことを私は知っているから。

だからこそ、私は自分が許せない。

そこまでして助けてくれた人を守るどころか、正当な評価を認めさせることさえ私はできなかったのだから。

滲む視界の中、私の薄っぺらい賞賛にも笑顔を浮かべてくれていたおにぃの姿が蘇る。

——あの人は、私にとって太陽のような人だった。

両親は私におにぃと比べものにならない程よくしてくれる。

けれど、私は気づいていた。

その親切の裏で、両親は私を道具として評価しているだけだと。

直接聞いたわけじゃない。

けれど、その目がいつも語っていた。

回復魔法が使え、容姿のよい私はどんな有力な貴族に売れるだろう、かと。

それを私はずっと感じていた。

もっと自分を見て欲しいと感じながら、両親の期待に背くことができず、言いなりになる日々。

そんな中、おにぃだけは私をただのアズリアとして見てくれた。

私にとって、その日々がどれだけ心地よく、安堵できる時間だったことか。

……そう、秘めた思いを抱いてしまうほどに。

気づけば、先ほどまで差し込んでいた暖かい光は消え去っていた。

薄暗い光が照らす部屋の中、私は小さく口を動かす。

「どうか、あの人を認めてくれる人がいますように」

見下すばかりの両親に蔑まれることなく、本当の力を知ることもなかった愚かな妹に邪魔されない場所。

ライバートという人間の真価を理解していたヨハネスのような人達ばかりに囲まれるように。

そういう願いを込めて、私は祈る。

「今度こそ、あの人が正しく輝ける場所を見つけられますように……」

厚い雲に覆われた曇天の下。

私の言葉は、ただ宙に溶けた。

第三章 ◆ ラズベリア ギルド支部 ―― Episode 3 ◆

「……本当にお前はどうしようもないな」

うっすらと声が聞こえる。

それは聞こえにくい、不鮮明な声だ。

なのに僕は、それが誰の声か知っていた。

その声を振り払うように僕は耳を押さえようとする。

しかし、無駄だった。

何故か僕の腕は動かず、全く声……父の言葉を防ぐことができなかったのだから。

「あんたさえいなければ……！」

そのうちに、聞こえてきたのは母の声だった。

キンキンとした声が頭に響く。

それは耐えようがないほど不快な感覚だったが、僕は知っていた。

これは耐えているうちに消えるたぐいのものだと。

何度も体験しているが故に、僕はそれを身体で理解していた。

「……おにい、どうして？」

けれど、次の声が聞こえた瞬間、僕の中の平静が消え去った。

胸が痛い。

聞きたくない、やめてくれ。

声にならない悲鳴を僕はあげる。

だが、それは届かない。

次の瞬間、僕の目の前に血だらけのアズリアが立っていた。

「どうして私を守ってくれなかったの？」

そして僕の目の前が光に包まれた。

◇◆◇

「っ！」

勢いよく身体を起こす。

どうしようもなく、息が荒い。

けれど、目の前にはもう両親の姿も、アズリアもどこにもいなかった。

「……夢、か」

そう言いながら、周りを見回した僕は思わず首を傾げる。

「どこなんだここ？　あれ、僕は……」

僕の目に映るのは、まるで見覚えのない部屋だった。

子爵家の自身の部屋とも、時々寝落ちする書斎とも違う部屋。

とはいえ、今まで見たことのある庶民の部屋にしては大きく、しっかりした部屋だ。

……少しだけ、汚い床も見えるが。

こんな部屋、子爵家にあっただろうか。

そんなことを考えながら、僕は周りを見渡して身体をひねる。

「いつっ！」

鋭い痛みが走ったのは、その時だった。

その痛みに、今までの記憶が蘇る。

「そうだ僕は、子爵家から出てきたはずで……」

僕を守ろうとしてくれた衛兵のマーク。

守ることのできなかったアズリア。

そして、子爵家領地の村と逆方向に行ったことだけは覚えている。

少しでも遠ざかろうと身体に鞭打ち、シロの力を借りて一晩中歩いていたことを。

「多分、何個か村を無視して歩いていたら大きな街に入ったんだ。……つまりここはあの街？」

おそらく気を失う前の最後の記憶、それを思い出した僕は次に自分の身体を見下ろす。

いつの間にか、綺麗に処置された身体。

「一体誰が……」

ばたん、と僕の前にある扉が開かれた。

「あら、起きてたの」

次の瞬間その扉から現れた女性の姿に、僕は思わず言葉を失った。

……その女性の美しさに見惚れてしまったが故に。

肩で切られた艶やかな青い髪に青い目、女性にしては高い身長。

年の頃は二十に行かないほどだろうか。

僕の方を感情の読めない目で見つめる女性の顔は、非常に整っていた。

別に僕は美人を見たことがないわけじゃない。

アズリアも少し口が悪いとはいえ、艶やかな金髪を持つ貴族然とした美少女だった。

しかし、目の前に立つ女性はアズリアと違い成熟した女性としての魅力を持っていた。

こんな美人が現れると思っていなかった僕は、思わず凝視してしまう。

「えっと、私の顔に何かついてる？」

「っ！　あ、いえ！」

困ったような顔でそう言われて初めて、不自然に凝視していたことに気づいた僕はあわてて顔を逸らす。

顔に熱が集まるのを感じながら、僕は自分を責める。

目の前の人は明らかに恩人であるのに、なんて恩知らずなことをしているのだと。

しかし、そんな僕と対照的に女性は顔色を変えることもなかった。

「まあ、慣れてるから良いけど」

そう言って、扉の近くにある椅子に腰を下ろした彼女は、感情の読めない表情で口を開いた。

「早速で悪いんだけど、君は私が助けたことを理解してる？」

「……はい」

その言葉に、僕は頷く。

記憶から考えるに、僕は助けられた上に処置もされている。

つまり、目の前の女性は僕にとって命の恩人だ。

僕の返答に、女性はかすかに口元だけ笑って告げた。

「良かった。その調子なら、私が治療のために治癒師の下に行ったのも分かってそうだね。——で、君はいつここから出ていける？」

その言葉を聞き、僕は思わず言葉を失う。

もちろん、ここから出て行くのは当然の話だ。

しかし、このタイミングでそのことについて言及があるとは思っていなかったのだ。

そんな僕に、かすかに笑いながら女性は続ける。

「子供にこんなことを言うのは悪いとは思っているのよ。でも、私もそこまで余裕がある訳じゃなくてね。そこ、私のベッドだし」

「え！」

そう言いながら、女性は僕の寝ている場所を指さした。

僕は痛みも無視して咄嗟に跳ね上がる。

……まさか、こんな綺麗な女性のベッドを占領していたなど考えもしていなかった。

しかし、その僕の反応は悪手だった。

「……っ」

僕の動きに対して、女性が僅かに身構える。

その反応に咄嗟に固まった僕に向け、少し緊張した面もちで女性は口を開いた。

「言っておくけど、私がいくら美人でも余計なことは考えないでね。私はギルド職員だし、それなりには戦えるわよ。子供が勝てる相手じゃないから」

そう言いながら、女性はにっこりと微笑んで見せる。

まるでどこから襲われても勝てる、そう言いたげに。

……けれど、僕は気づいてしまう。

目の前の女性は、とても戦える人間ではないことを。

確かに彼女は肝が据わっている。

けれど、決して戦う人間の動きをしていなかった。

おそらく、魔法を使える人間でもない。

その証拠に、一見こちらをなんとでもないと言いたげに見ながらも、僅かに身体は強ばっている。

この女性にとって、自分がどういう存在であるのかを僕は理解した。

つまり、僕は彼女にとって警戒すべき存在なのだ。

いや、もっと早くに気づいてしかるべきだった。

何せ、この美貌の上、おそらく彼女は一人でこの家に住んでいる。

そんな中、僕のような男と二人きりになるなど警戒しない方が無理という話だ。

そのことを覚悟した上で、目の前の女性は僕を保護してくれているのだ。

そう理解した瞬間、僕は痛む身体を引きずり、ベッドから降りる。

「……え？」

そして困惑する女性を余所に、僕は深々とその場で頭を下げた。

「まず、この上ないご厚意に感謝します。これ以上ご迷惑をかける訳にはいきません。僕はもう大丈夫ですので」

もう既に僕はこの上ない迷惑をかけ、恩も受けている。

だとしたら、これ以上迷惑をかけるつもりは僕にはなかった。

少しは身体も元気になっているはずだ。

この女性が少しでも迷惑に感じるなら、すぐに去るのが今の僕にできる唯一の恩返しだ。

「え、え？」

「失礼します」

そう判断した僕は困惑したような女性の隣を抜け、部屋を出ようとする。

しかし、思い通りに身体が動いてくれたのはその時までだった。

ずるり、という感覚とともに僕の身体から力が抜ける。

奇妙な浮遊感の中、僕は次に来るだろう衝撃を覚悟した、けれどそれがくることはなかった。

「……あー、もう。そんな身体で大丈夫もなにもあるわけないでしょうに」

「あ、れ？」

代わりに僕が感じたのは、柔らかい感触だった。

その感触に僕はようやく理解する。

自分は、女性に受け止められているのだと。

反射的に僕は身体を起こそうとする。

「っ！　すいま……あれ？」

しかし、それさえ無理だった。

奇妙なことに身体に力が入らず、僕は身体を起こせない。

そんな僕を見て、女性は苦笑しながら告げる。

「あれだけの傷を負ってなにも食べずに寝ていたのに、急に動くから。いいから寝てなさい」

「いや、でも……」

「はいはい。こんな子供を警戒してた私が悪かったわよ。私に恩を感じるなら、きちんと身体を治してから出て行きなさい。これでまた倒れたら、私が助けた意味がないじゃない」

そう言って、僕の身体をベッドの方に押しやる女性。

それに抵抗できず、僕はまたベッドに押し戻されてしまう。

「それに何より、ここでいなくなったら折角持ってきたこれも無駄になっちゃうじゃない」

そう言いながら、女性は一度扉の外に出る。

次に持ってきたのは、お盆に入ったパンとスープだった。

それを見て僕は気づく。

女性はこれを持ってくるためにこの部屋に来たこと……自分は思ったより空腹であることを。

椅子をベッドの近くに持ってきた女性は、お盆を僕の膝辺りに置きながら告げる。

「その様子、貴方相当大変な目にあったんでしょ？」

「……っ」

「言いたくないなら無理に聞かないわよ。でも、君くらいの年の子はもう少し大人を頼っていいのよ」

その言葉に、僕は不覚にも涙ぐみそうになる。

……決して涙もろい人間ではなかったはずなのに。

ただ、僕は悟る。

自分を拾ってくれた人は、本当に良い人なのだ。

けれど、僅かに僕の胸に疑問が浮かぶ。

この人と僕は大きく年が離れているわけじゃないはずなのに、どうしてこんなに子供扱いしてくるのだろうと。

その答えはすぐに分かった。

「で、君いくつ？　十二か、十三辺り？　……いや、十一くらいかしら。よく一人でこんなところまで来たわね」

少しの間、僕はなにも言えなかった。

先程出かけた涙は、もう引っ込んでいる。

「……あの」

「うん？　もっと下？」

必死に声が震えないように意識しながら、僕は告げる。

「僕は十五、来年成人です」

「……は？」

この日、僕の心に新たな傷が刻まれることになった。

◇◆◇

なんだかんだと、どたばたしたギルド職員の女性、サーシャさんとの出会いから一日。

僕は彼女の家に、傷が治るまでという条件で居候することになった。

これ以上の迷惑をかけるのは申し訳ない、そう何度も僕は訴えた。

しかし、その発言は恩人に意見するのかという暴論によって押し切られてしまった。

僕はそのことを喜べばいいのか悩む。

それどころか僕は、この居候を申し訳なく思えばいいのか、はたまた強引だと呆れればいいのかも分かっていない。

「……とはいえ、ありがたいことは確かなんだけどね」

あれから、僕は自分がどんな状態であったか、ここがどこであるか、などの気になることを全て聞いた。

その結果分かったのは、想像もしないことだった。

というのも、サーシャさんが僕を拾った時の状態は、治癒師が何故歩けるのか分からないというレベルのものだったらしい。

元々の傷も深く、その上で長距離を歩いてきたことで、僕は拾われた時、中々の重体になっていた。

おそらく、ヒナがいなければ僕はもっと酷い状態だっただろう。

寝ている間でこんなに動けるようになるとは思わなかった、サーシャさんのその一言には苦笑して誤魔化すことしかできなかったが……。

しかし、次にサーシャさんがした話は、自身の怪我よりも僕を驚愕させた。

「ここが、あの辺境都市ラズベリアなのか」

ぼそり、と呟いた言葉にようやく僕は自分でも受け入れる。

そう、ここは子爵家の屋敷からたどり着くのに、二日は必要な大都市であると。

その話を聞いても、最初僕は信じられなかった。

こんなところまで自分は来ていたのかと。

……元々重傷な中、ここまで長距離を歩いてきたことを考えれば、こうして傷が多くなったのも納得だ。

辺境都市ラズベリア、それは人類の生存圏と魔獣の生存圏である黒の森の境目に存在する都市だ。

何度も魔獣に侵攻された街は大きな城壁に守られ、多くの冒険者がここに住み、街を守っている。

いつかこの場所に来たい、そう思っていた場所にいると知らされた僕は、実感もなく呆然とすることしかできない。

「にゃうう‼」

聞きなれた声が響きわたったのは、その時だった。

跳ね上がりそうな心臓を必死に抑えながら声の方へと僕は顔を向ける。

するとそこには、怒りを隠さない面もちでこちらを睨む子虎の姿があった。

「……シロ？」

「にゃう！　にゃう！」

その名を呟いた僕に、シロは全身を使って怒りを露わにする。

それを見て、ようやく僕は気づく。

そう言えば、あの戦いからシロにはなにもお礼に当たる食事を与えていないことに。

精霊は人間と同じように食事をとる必要はない。

けれど食べられないわけではないどころか、僕の四体の精霊は食事をとるのが好きだった。

故に僕は、何か大きな協力をしてくれた時には、その精霊の好物を与えるようにしていた。

今思えば、こうして精霊達がなついてくれるようになったのも、それがきっかけだったか。

けれど今、僕は暗殺者との戦いで大きく役に立ってくれた精霊達に何の報いもできていなかった。

「そっか、あの戦いからもう数日も経ってるんだ……」

昨日のことのように鮮明に思い出せる暗殺者との戦い。

それがもうかなりの時間が経過したことである事実に、僕は衝撃を隠せない。

「にゃいぃぃぃ……！」

そう考える間にも、シロはヒートアップしていく。

その姿に、僕はどうするべきか悩む。

ここはサーシャさんの家で、お礼のためとはいえ、勝手に食材を拝借するわけにはいかない。

とはいえ、ここでさらに我慢させるのはシロに申し訳なかった。

「ここまで我慢してくれたんだもんね」

不満をためながら、けれどシロはサーシャさんがいる時には出てこなかった。

これだけ暴れるような不満を抱きながら、それでも僕の思いを汲《く》んでくれていたのだ。

……サーシャさんには、召喚士であることを気づかれたくない。

そこまで考え、僕の胸に苦い物がよぎり、すぐにシロの方へと意識を戻した。

とにかく、ここまで待ってくれたのにさらに待ってと言うのも申し訳ない。

何か代案でも、と僕があるものに気づいたのはその時だった。

「そう言えば、まだ食べてなかったな」

僕の視線の先、それはギルドから帰ってきた時に、サーシャさんが昼にお食べと渡してくれたスープとパンの入ったお盆だった。

それを布団の上まで持ってきた僕は、シロに尋ねる。

「ごめん、今は少し好物が作れなくて。これで許してくれないかな？」

「にゃう……」

その僕の声におそるおそるスープをのぞき込んだシロだが、すぐに僕の右足の上で待機の姿勢になる。

どうやら、お気に召したらしい。

そわそわとした姿に僕はそのことを理解し、苦笑しながらもう一人の功労者の名前を呼ぶ。

「ヒナもおいで」

「……ぴよ」

次の瞬間、僕の左足の上に顕現したのは心配そうな様子を隠さないヒナの姿だった。

それに僕は胸によぎる苦さが増すのを感じる。

その思いも胸の奥に押し込めながら、僕は二つに割ったパンをスープに浸す。

「ヒナも今日はこれでお願いしていい？　また改めてお礼は渡すね」

「にゃう！」

そう言うと、嬉々としてシロはパンにむしゃぶりつく。

しかし一方のヒナは少しの間、迷っているように僕の方を見ていた。

それでも僕がどうぞ、と手で合図をすると少しずつ食べ始める。

「ぴっ」

シロと同じ勢いで食べ始めたのは、それからすぐのことだった。

その光景を見ながら、僕はスープが二人の口に合ったことに安堵する。

と言っても、このスープがおいしいことは知っていたから、そこまで心配していなかったが。

「まあ、なんでずっとこのスープがご飯に出てくるのかは知らないけど」

そう呟き、僕は無邪気にパンを食べる二体を見て笑みを浮かべる。

そう言えば、クロがいなければ暗殺者に気づきもしなかった。

またクロにもお礼をしなければ。

本当に僕は、この子達にどれだけ救われているのか。

僕の胸は締め付けられる。

そして、今度こそ僕は自分の苦い思いから目を背けることができなかった。

「なんで僕は、サーシャさんに召喚士であることを打ち明けられない？」

ぽつりと僕の口から疑問が漏れる。

いや、それは疑問ではなかった。

何故なら、僕はその答えを知っているのだ。

僕の頭にある光景が浮かぶ。

それは光が滲んだ満面の空。

それを目にしたあの時、自身の無力をこれでもかと突きつけられたあの時を想い出しながら、僕は呟く。

「……僕はもう失望されたくない」

それはできれば直視したくなかった、情けなく惨めなことこの上ない本心だった。

自分の不甲斐なさを眼前に突きつけられ、僕は俯くことしかできない。

「にゃう？」

「……ぴぃ」

顔をあげると、いつの間にか二匹は食事の手を止め、僕の方を心配げに見つめていた。

その姿を見ながら、僕は改めて思う。

この二匹は、僕にとって何より大切で自慢すべき家族であると。

……だからこそ、僕はその家族を胸を張って紹介することのできない自分が許せなかった。

強く、僕は自分の唇をかみしめる。

確かに、忌み子はどこでも差別の対象だ。

召喚士と分かったせいで関係が壊れたことも一度や二度ではない。

けれど僕は分かっているのだ。

本当に失望する人かどうかなんて、打ち明けてみないと分からないのだと。

実際、アズリアやヨハネス、そしてマークのような人間もいる。

そう知りながら僕は怖くて仕方なかった。

僕は強く拳を握る。

胸の恐怖を抑えこもうとするように。

そして、自分のことに手一杯だった僕は気づかなかった。

いつの間にか、部屋に近づいていた足音に。

「なに、これ」

扉が開く音とともに響いた声。

それに反射的に顔をあげた僕の目に入ってきたのは、呆然とたたずむ一人の女性。

……サーシャさんの姿だった。

「これは……！　その、違って！」

気づけば僕は、身体の痛みも無視して立ち上がっていた。

ヒナとシロが警戒態勢になっていることさえ気づかず、サーシャさんに弁解しようと、必死に口を開く。

「僕は、なにもする気は……」

しかし、平常心を失ったその状態でまともな言い訳などできるわけがなかった。

意味も持つかも怪しい言葉の羅列しか、僕の口から出ることはなかった。

そんな状態で僕の頭の中に浮かぶのは、この部屋で目覚めた時に見た夢だった。

僕を冷たい目で見るアズリアの姿が目の前のサーシャさんと重なる。

――お前、忌み子だったのか！

そして、過去の友人だと思っていたはずの人間の言葉が頭によぎる。

……感情のまるで読めない顔で、サーシャさんがこちらに近寄ってきた。

「っ！」

思わず僕は息を呑む。

しかしそんな僕の内心など気づかず、サーシャさんは僕の目の前でぴたりと止まった。

「……嘘、ライバート貴方スキル持ちだったの⁉」

「え？」

こちらを見るサーシャさんの姿。

それを見て、僕は今更ながら気づく。

その表情には驚愕こそあるものの、嫌悪感はないことに。

それどころか、どこか好意的な様子にも感じる。

「それなら、言ってくれれば良かったのに！」

そして、その考えは僕の気のせいではなかった。

嬉々としてヒナとシロの方に向かっていくその姿に、僕はサーシャさんが一切の嫌悪感を抱いていないことを知る。

「あら、かわいいわねぇ！」

「ぴぃ！」

「わ！　この子火を吹かなかった⁉」

ヒナを撫でようとして威嚇されているその姿を見ながら、僕はふと想い出す。

そう言えば、ヨハネスからスキルを持つ平民は少ないと聞いたことがあったことを。

スキルには種類があり、先天的スキルと後天的スキルに分かれる。

後天的スキルに関しては平民であろうが、貴族であろうが関係なく手にすることができる。

しかし、先天的スキルは稀《まれ》に突然現れることがあるほか、血統に大きく関わるスキルだ。

その為に貴族はスキルを持つ人間と婚姻し、血筋を高めていった。

つまり、先天的スキルはほぼ貴族専用と言っていい。

また、後天的スキルに関しても決して楽に手することができるわけではない。

その結果、平民の多くはスキルを持っていない人間が多い。

かつてヨハネスから聞いたその話を想い出しながら、僕の肩から力が抜けていくのが分かる。

……自分が想像以上の取り越し苦労をしていたんじゃないか、と思って。

「にゃう」

「わっ、今度はぴりってした⁉」

今度はシロと遊んでいる様子を見る限り、悪感情を抱いているようには一切見えなかった。

嬉々としてじゃれついているサーシャさんの顔はだらしなくゆるんでいる。

けれど、その姿を見てもなお、僕の心には疑念が消えることはなかった。

召喚士のくせに、穀潰しのくせに。

何度も何度も言われた言葉が、僕の心をゆがませる。

気づけば僕は、口を開いていた。

「……本当に分かっていますか？」

「ん？」

わちゃわちゃと動き回っていたサーシャさんが僕の言葉に反応して顔をあげる。

痛いほどの心臓の鼓動を感じながら、僕はさらに告げる。

「僕は召喚士。貴族社会では……」

疎まれるべき忌み子、そう続けようとして、けれどその言葉が口から出ることはなかった。

その前に、サーシャさんがぐい、と身体をこちらに寄せてきた。

「やっぱり召喚士だったのね！」

「え？　……え？」

呆然とする僕を余所に、サーシャさんは全身で喜びを露わにしている。

次の瞬間、態度だけは下手に……けれどその視線で逃がす気はないと語りながらサーシャさんは口を開く。

「ねえ、ライバート。ギルドで雑用を手伝う気はない？　分かったありがとう！」

「僕は何も言ってないです」

……それが、僕の人生が大きく動き出した日のことだった。

◇◆◇

「……本当に来ちゃった」

そう呟く僕の目の前に建っていたのは、かなり年季の入った建物……通称ギルドと呼ばれる場所だった。

昨日、サーシャさんに突如ギルドの雑用に誘われた。

それからあれよあれよと言う間に、翌日にギルドに行くことが決まった。

未だ混乱が収まらない僕は、ただギルドを見上げることしかできない。

しかし一方で、隣に立つサーシャさんは満面の笑みで口を開く。

「ようこそ、辺境ギルドへ。ここに来てくれることを快《こころよ》く認めてくれて、本当に感謝しかないわ！」

「……僕まだ、やるとも言ってないんですけどね」

「いいからいいから！」

そう言って、僕の背中を強引に押してくるサーシャさんに、僕は思わず嘆息をつきそうになる。

それは、誘った側が言う言葉ではないだろうと。

しかし言っても無駄であることを僕は理解していた。

……了承の言葉さえ聞こうとせず、強引に予定だけを話された昨日だけで、それくらい理解するには十分だった。

昨日のことを想い出し、僕は今度こそため息をもらす。

「はぁ……」

「あら、他にまだ何かして欲しいことあるの？」

しかし、にっこりと笑ってそう話しかけてきたサーシャさんに、僕はすぐにため息を後悔する。

もう遅いが。

「給金支払うこと、私の家にもう少しいて良いこと、その間に住める場所を探すこと」

淡々と条件を告げていくサーシャさん。

それは、この雑用の対価として僕にサーシャさんが与えてくれた条件だった。

正直それは過剰なほどの条件で、僕に不満などない。

……僕が後悔しているのはその後の態度だった。

「それ以外にライバートに必要なこと？　私には分からないけど」

「いえ、もう良いです。僕が悪か……」

「もしかして、この私に何かして欲しいってことかしら……？」

にやり、と意地の悪い笑みを浮かべてそう尋ねてくるサーシャさん。

その言葉に、非を認めるのが遅かったことを理解し、僕は唇をかみしめる。

けれど、後悔先に立たず。

からかうモードになったサーシャさんは満足するまで止まらない。

「ええ、そんなこと考えてたんだー」

「……っ。やめ、離して下さい！」

そう言いながら、強引に肩を組んでくるサーシャさんから僕は必死に逃げる。

……その態度が、さらにサーシャさんを面白がらせていると分かりながらも。

「むっつり」

「……なにも文句はないから、早く行きましょう。時間は有限ですよ」

にやにやとこちらを見てくるサーシャさんを無視し、僕は入り口に向け歩き出す。

「ほんとに？」

「はい、本当です！　感謝してますから、仕事に取りかかりましょう！」

半ばやけになって僕が告げると、楽しそうにサーシャさんは笑う。

その姿に僕は何か言い返したくなるが、ぐっとその内心を押し込んだ。

何せ、本当に感謝しているのは確かだったのだから。

確かにサーシャさんは強引で、僕をからかって遊んでいる。

とはいえ、この条件に関しては悪くない、どころか破格の物だった。

それに関しては、僕も理解している。

……そしてそれ以前に、僕は一切の報酬がなくてもこの雑用をしたい、と思う程度にはサーシャさんに恩を感じていた。

それに、僕にだって分かっているのだ。

間違いなく、サーシャさんは僕のことを思って、この話をくれたことを。

だから改めてギルドの方へと向き直った僕は、迷いのない足取りでその扉をくぐる。

この厚意に応えるために、少なくとも完璧な仕事をして見せようと。

「ではさっさと終わらせましょうか。隣街までの配達を」

◇◆◇

ライバートという少年。

彼は私、サーシャにとって謎の塊だった。

立ち振る舞いに、言葉使いからはとても平民とは思えない。

しかし一方で、貴族とは思えない程の低姿勢。

……何より、たまに見る思い詰めた表情。

ライバートの姿勢に好感を覚えるとともに、私の中では疑問が膨らんでいくのは仕方ないことだろう。

しかし、それ以上に私の胸にあったのはこの不器用な少年に対する心配だった。

あの状態の傷でありながら、こちらを気遣って去ろうとする姿。

その姿を見た時点で、この少年を見捨てるという選択肢が私の中から消えた。

そして、今回こうしてとある仕事。

隣のギルドまでの手紙の郵送を頼んだのには、その思いが大いに関係していた。

もちろん、召喚士というスキルをアテにしていないわけではない。

確かに、地方では召喚士を忌み子と忌み嫌う人間も多い。

とはいえ、この街には前にも召喚士が住んでいた事があり、その偏見はなかった。

それどころか、その有用性は高く評価されている。

しかし、いくら召喚士というスキルがギルドでは重宝されると言っても郵送は専門外であることを私は知っていた。

何せ、隣街のギルドまでの距離は大人の足で走って一時間はかかる。

そんな離れた場所まで召喚した精霊を使役できる召喚士などいるわけないのだから。

そう。

……あり得ないはず、だった。


「にゃう！」

「お、ありがとね、シロ」

ほめてと言いたげにじゃれつく子猫のような精霊に、その子猫をなで回す薄幸な美少年。

それだけ見れば、非常に心が洗われる光景だ。

普段の私であれば、冗談の一つでも言いながら、構いに行っていただろう。

しかし、今の私にはそんな余裕は存在しなかった。

――全ては、ライバートと子猫の隣に積まれた山のような積み荷のせいで。

その積み荷こそ、先程出て行った子猫の精霊が一時間半ほどで持ってきた物だった。

普通なら大人三人がかりで持って来るような荷物を易々《やすやす》と持ってきたその精霊に、私はただ呆然と立ち尽くす。

いや、それは私だけではなかった。

先程までせわしなく働いていたギルド職員全員が動きを止めている。

そのうち一人が、ゆっくりと荷物の方に歩き出す。

そして、その荷物に刻まれた刻印を確認し、告げた。

「……これは、隣街のギルド長のものだ」

瞬間、この場にいる全員が言葉を失った。

それも仕方ないことだろう。

この場にいる全員が、手紙の配達でさえ信じられていなかったのだから。

というのも、こうしてシロが荷物を持ってくる前に、実は一問着《ひともんちゃく》あった。

この配達の前にも、ライバートは隣のギルドにまで、手紙を届けているのだ。

しかも、このギルドから隣街のギルドまで精霊だけで直接。

私達は当初、ライバートには隣街のギルドとの中間点にいてもらい、そこから精霊に郵送をお願いする予定だった。

省略できる距離は半分程度だが、それでも非常に助かるものだ。

……そう考えていたため、精霊だけで手紙を届けたというライバートの主張は信じれるものではなかった。

そんな遠くまで顕現させた精霊を使役することができる召喚士など聞いたことがない。

手紙を届けた証拠などない、途中で落としたのではないかと。

そうライバートに言い寄るギルド職員をなだめながらも、私もまた疑念を捨てられなかった。

ライバートが信じるに値しない人間だと思ったわけではない。

ただ、そんなことができる召喚士の存在など聞いたことがなかったのだ。

それ故に信じられなかった私達に、信用させる条件としてライバートが告げたのが荷物の郵送と、証拠となる物品の配達。

……そして、それを見事達成したのが今だった。

誰も声をあげない状況の中、ゆっくりとライバートが振り返る。

そこに浮かぶのは、彼らしくない冷たい表情だ。

「で、これ以上何かいりますか?」

にっこりと、笑って告げたライバートに誰も口を開かなかった。

その沈黙に、ライバートがさすがに怪訝そうに眉をひそめる。

「うおおおおお！」

「これで、あの地獄から解放される……！」

——ギルド職員達が歓喜の声をあげたのは、その直後のことだった。


「え、え？」

さすがに想像していない事態だったのか、ライバートの顔に困惑が浮かぶ。

しかし、その顔もすぐに嫌な予感にひきつる。

「悪かった坊主……！」

「え、いや、その近……」

「お前、とんでもない召喚士だったんだな……！　そのちんまいのにも、悪かった！」

「ぴぃっ！」

感激したギルド職員にもみくちゃにされ、すぐに小柄なライバートの姿は見えなくなる。

過剰な反応な気もするが、それも仕方ないだろう。

何せ、この仕事はギルド職員の時間を大きく奪い、押しつけあうことになるたぐいの仕事なのだから。

比較的理性が残っており、ライバートを押しつぶしていないギルド職員に至っても、喜びを隠せていない。

……そんな中、私だけはその輪の中に入れずにいた。

喜んでいない訳じゃない。
けれど、それ以上に私にはあることを見逃せなかった。
「本当に、ライバートは召喚士なの……？」
そう、自分が目の当たりにしてしまったライバートの異常な能力を。
しかし、すぐに私はその考えを頭の片隅に追いやる。
私は召喚士のなにを知っているのだと。
……それが彼の異常さの一端でしかないことなど、その時の私は知る由もなかった。

◇◆◇

「……まさか、こんなことになるなんて」
それは全ての配達と郵送が終わった、仕事の後。
僕、ライバートが小さく呟いたのは、ギルドの外だった。
外まで聞こえてくる宴会騒ぎの声を聴きながら、僕はさらに胸の中で呟く。
……この程度で、こんなに喜ばれるなんて、と。
実のところ、僕も精霊達による郵送なんて初めての体験だった。
けれど、召喚士の一番の役割とされる偵察について、僕は数え切れない程行ってきた。
また、精霊達は僕と一緒に戦いを経験した並の精霊ではない存在だ。

その経験から、郵送くらいあの子達にとっては何のこともない出来事だと思っていた。

だから僕は簡単に、その距離なら一人でできると口を挟んでしまい。

返ってきた言葉……そんな精霊には無理だろという否定の言葉、その言動に少しばかり怒りを覚えた。

だから、僕はあえてパフォーマンス的にシロに多くの荷物を持って帰ってきてもらったのだ。

自分の精霊達のすごさを見せつけるようにして、その言葉を訂正させてやろうと思って。

けれど、次の瞬間返ってきた歓声は、僕にはまるで想定していないものだった。

目を白黒させ、サーシャさんに助けられるその時まで、僕は訳も分からずもみくちゃにされていた。

だが、今なら分かる。

……これだけ感激する程に、このギルドは多忙だったのだと。

「はぁー。あんな忙しい仕事だなんて」

僕がその現実を知ったのは、サーシャさんが僕を救出してすぐのこと。

信じられないような切り替えで仕事を片づけだしたギルド職員の姿を見てからだった。

その量はあまりにも膨大で、ようやく僕は気づいたのだ。

……僕の態度は、あまりにも大人げないものだったのではないかと。

あの仕事量を見た今なら分かる。

ギルド職員の人達には、一切の余裕もなかった。

そんな中であれば、郵送が一人でできると言われて冷やかしに感じるのも当然の話だ。

僕にとってそれが当たり前でも、ギルド職員の人達にとっては別なのだから。

そして、あの多忙の中であればその怒りも当然の物だ。

そもそも考えれば、あの人達は精霊の能力に疑念を持っても、忌み子と言われる召喚士に嫌悪感を出すことはなかった。

それだけで、彼らの人柄を察するには十分だったのに。

しかし、そんなことにさえ僕は思い至っておらず、故に今僕は自己嫌悪に苦しむことになっていた。

「……何が、これ以上何かいります、だよ」

満面の笑みで笑い、僕をたたえてきたギルド職員の人達を想い出しながら、僕は思わずそう呟く。

本当に、こんなことだから僕は屋敷を追い出されたのではないのか……。

「っ！」

突然、首の後ろに冷たい感覚が走った。

反射的に跳ね起き、僕は後ろを振り返る。

「にゃっは。すっごい反応じゃん！」

するとそこにいたのは、冷たい飲み物の入った二つのグラスを手にしたサーシャさんだった。

不自然に前につきだしたそのグラスに、自分の首もとに突きつけられたものの正体を理解した僕は、一気に気が抜けるのを感じる。

いつもの悪戯《いたずら》っぽい笑みを浮かべながら、サーシャさんは僕の隣に腰を下ろす。

「今日の功労者がどうしてこんなところにいるのさ。こんなに早く終わる時なんて、中々ないんだよ」

「ん」

そう言いながら、自分の隣をぽんぽんと叩くサーシャさん。

それに従い、少し距離をあけて僕は座る。

「……ありがとう、ございます」

しかし、それでも僕がいつもの調子を取り戻すことはできなかった。

我ながらぎこちない、そう思う態度で飲み物を受け取りながら、僕はうつむく。

……どう切り出して謝ればいいだろうかと。

「ねえ、ライバート」

サーシャさんが口を開いたのは、そんな時だった。

謝る機会を失った僕は内心、自分の臆病さを後悔しながらサーシャさんの方を向く。

「……今日はごめんね」

「……え？」

想像もしないサーシャさんの謝罪。

それに僕は思わず、困惑の声をあげていた。

理由も分からずにいる僕に対し、けれどサーシャさんは黙ることはなかった。

「私だけは味方になるべきだったのに、皆をなだめることしかできなかった」

その言葉を聞いて僕はすぐに理解する。

サーシャさんが言っているのは、ヒナが手紙を届けたあの時だと。

「あの時私はきちんと君を信じるべきで、味方でいるべきだったのにごめんね」

そう言いながら罪悪感の滲んだ笑みを浮かべたサーシャさんは僕の頭へと手を置く。

普段なら恥ずかしくて逃げていただろうが、今の僕はその手を振り払うことはなかった。

そんな行動がとれなくなるほど真剣な謝罪を、サーシャさんから感じた。

だが、別に僕はサーシャさんに怒ってはいなかった。

たとえ信じられなかったとしても、あの時のサーシャさんは僕を守ろうとしてくれていた。

それを理解しながら責めるつもりなど僕にはなかった。

むしろ、さらに僕は自分の大人げない行為に対する罪悪感を募らせていた。

「僕こそ、申し訳ありません」

「え……？　ごめん、何の謝罪？」

本気で困惑した表情をするサーシャさんに、僕は俯きながら告げる。

「シロに荷物を運ばせて見せつけたことです。今考えたら、あれは大人げなかったと思います。

……あんな多忙な状況で、冷やかしととられかねない行動を……」

そこで僕は思わず言葉を止めた。

ぷるぷると震えるサーシャさんの手に気づいてしまった。

「サーシャさん？」

「くふ、ごめん。ちょっと妙なつぼに入っちゃって……」

そう言いながら、必死に笑いをこらえるサーシャさん。

その姿に、どんどんと僕の顔から表情が消えていく。

「そんな真剣な雰囲気でなにを言うかと思ったら、そんな謝罪……」

その震える声音を聞きながら僕は思う。

やっぱり、謝らない方が良かったかもしれないかも、と。

「——それは謝らないでいいことだよ、ライバート」

「え？」

まるで僕の思考を読んだように、サーシャさんはそう告げた。

まだ微かに顔にゆるみを残しながら、それでも真剣そのものな声音でサーシャさんは言葉を続ける。

「ライバートはヒナが馬鹿にされたと思ったから怒ったんでしょ？」

「……いやでも、それは勘違いで」

「ううん、勘違いじゃないよ。私達は、ヒナ達のことを過小評価していた」

その言葉に、僕は咄嗟に口を開く。

それでも、ギルドの人達はヒナ達を馬鹿にした訳ではなかったと。

「でも……」

「それに、そもそも君は勘違いしてるわよ」

にっこりと、けれど反論を許さない様子で告げる。

「仲間を想って怒ったことは謝ることじゃなくて、誇ることなのよ。素敵じゃない？」

……何故かは分からないが、僕は胸がいっぱいになる感覚で話せなくなっていた。

そんな僕ににっこりと笑って告げる。

「だから、私に謝らせて。私が間違っていたわ。——貴方の家族は強くて、尊敬に値する素敵な精霊達なのね」

何か言わないといけない。

そう思いながら、僕は俯く。

どうしてか、ここで気を抜くと涙が出てしまいそうで。

ただ僕は思う。

この人に会えて良かったと。

「……はい」

何とかそれだけの言葉を絞りだし、僕を顔をあげる。

ちょうどその時、月がサーシャさんの上へと姿を現す。

丸く満ちた月が。

「よく言えました」

にっこりと笑いながら僕の頭を撫でるサーシャさん。
月光に照らされたその姿は、まるで女神のようだった。

忌み子として捨てられた召喚士、実は世界最強

第四章 ◆ 頑強なるバルク ——— Episode 4 ◆

「ライバート、本当にいつもありがとうな……」

少し薄くなったクマの残る、眼鏡のギルド職員……ナウスさんに僕がそう言われたのはギルドの前でのことだった。

時間はちょうど今日の配達分が終わった午後になりかけの時間。

ナウスさんは本当に感極まった様子で告げる。

「ライバート達がいなければ、本当にどうなっていたことか……。本当に来てくれてありがとうな！」

「にゃう！」

「おお、シロ！　お前も、また昼頃に来たらお裾分け期待しといていいぞ！」

「にゃううっ！」

狂喜乱舞して周りを走り回るシロと、どこかゆるんだ表情でシロを見守るナウスさん。

それを苦笑して見ながら、僕は口を開く。

「いえ、僕はあくまで郵送しているだけですから」

「それがどれだけ俺達にとってありがたいことか、今のお前なら分かるだろうに」

そう笑って言いながら、ナウスさんは僕の肩を叩く。

それは少し強い勢いだったが、そこにナウスさんの感謝が入っていることを理解する僕は、苦笑するだけにとどめる。

「隣街のギルドがもう少し大きければな……。あそこでは、使える伝書鳩の数も限られているし、直接持って行かないといけない荷物も多い。ライバートの存在がなければ、一体どうなっていたことか」

そうしみじみと語るナウスさん。

実のところ、異常なこのギルドの疲弊には、手紙の運搬という業務が大きく関わっていた。

誰もが嫌がるが、誰か一人はしないといけない。

なおかつ、郵送している間の作業は他の人間に降りかかる、とにかく時間を奪う仕事。

それがあの郵送だった。

故に、それがないことにより今のギルドの作業効率は大きく向上した。

そしてその状況を作り出した僕へのギルドの人々の評価は、大きく上がっていた。

「そう、これはギルドの面々からのお裾分けだ」

「え、また!? いいんですか？」

そう言って、僕は手渡されたオークの肉を眺める。

これは本来、ギルドから職員へと渡されたはずのものだった。

しかし、最近僕はお裾分けと称してこのお肉を渡されるようになっていた。

「いいんだよ、この忙しさだと俺達に料理する時間なんてないしな。いくら魔獣の肉は長持ちするといっても、ずっと置いておくことなんてできないしな」

そこでにやりと笑って、ナウスさんは告げる。

「それなら、お前に渡してしまってお裾分けの見返りを期待する方がよっぽど賢いてもんだ」

その言葉に、僕は思わず照れ笑いを浮かべる。

ただ、自分のつたない料理にこうして喜んでくれるのが、うれしくて。

しかし、こうしてナウスさん達が色々なことをしてくれる理由は、それだけではないことを僕は理解していた。

「だから、遠慮なく受け取れライバート。俺達はお前に受け取って欲しいんだから」

——そう、これは僕に対する信用の証であることを。

「……ありがとう、ございます」

その事実がどこか照れくさく、俯き加減になる僕。

それに、快活に笑ってナウスさんは告げる。

「水くさいこと言うなよ！　あ、サーシャにもよろしく言っておいてくれ！」

それを最後に僕に背を向け、去っていくナウスさん。

その姿を見ながら、僕は思う。

……ここに来た当初、こんな風に知り合いが増えるなんて想像もしていなかったと。

「まだ、ここに来て六日……。僕は本当に運がいいな」

ラズベリアに来てまだ数日。

けれど、僕の生活は大きく変わっていた。

◇◆◇

色々と周囲の環境に変化があった数日間。

その間に変化したのはギルド職員の人達との関係や、僕自身の心の持ちようだけではなかった。

僕とサーシャさんの関係についても大きく変わっていた。

というのも、僕はもうサーシャさん宅の居候という立場ではない。

何故なら、僕は正式に雇われたことにより、ギルドに居候することができるようになったのだ。

それでも僕がサーシャさん宅に住む理由は僕がサーシャさんと一緒に居たいと思ったから。

……ではなく、僕がサーシャさんに懇願されてなし崩し的に説得されたからだった。

この数日間、僕は少しでも恩を返すべく、率先して家事をこなすようにしていた。

屋敷にいた頃、自分を見て欲しくて屋敷の雑務を行っていたことで、僕には家事の経験があった。

なおかつ、野営経験や精霊達への感謝の印として好物を振る舞うことをしていたため、料理の経験についても多少は持っている。

それらを最大限に活かし、サーシャさんへと恩を返そうとした結果、僕は徐々にある違和感に気づくことになった。

それは、サーシャさんは身の回りのことが壊滅的にできないということ。

僕のいた寝室こそ、多少埃《ほこり》が溜まっている程度だったが、リビングは書類のゴミだらけ。

そして、僕が料理しなければ食事で出されるのは常に同じスープ。

ついでにそのスープは、ギルド前の屋台で売られていた。

そんな状況の中、僕が必死に家事をすること早数日。

「あー、本当にライバートがギルドに盗られることがなくて良かったわ！」

……こうして、僕とサーシャさんの関係は居候から同居人という立場へと変化していた。

僕の作ったオーク肉の照り焼きを頬張りながら、満足げにそう告げるサーシャさん。

その姿に苦笑しながら、僕は告げる。

「別に盗られるという話でもないですけどね……」

「ライバートが居なくなると、私のこの快適な生活がなくなるのよ！　許せるわけないでしょう！」

「サーシャさんはもう少し家事ができた方がいいのでは？」

「……はい」

端的な僕の言葉に、サーシャさんは無言で俯く。

その姿に、僕は微かに赤くなった顔を逸らして隠す。

……この人は本当に心臓に悪いことばかり言うと。

この生活をしていくうちに、僕はサーシャさんの扱いが多少うまくなっていた。

この人相手に甘い態度はからかわれる種をあげる様なもの。

それを防ぐため、僕はこうして淡々と言葉を返すようにしている。

その態度とは裏腹に、僕の内心自体は変わっていなかった。

サーシャさんに感謝しているという気持ち自体は。

こうして同居人として過ごすようになって、僕は気付いたことがある。

それは、サーシャさんは想像以上に僕に気を使ってくれていたということ。

——サーシャさんはギルドの仕事に忙殺される中、ほとんどない時間を僕に分けてくれていたこと。

「御馳走様！　今日もおいしかったわ！」

満足げな様子で立ち上がったサーシャさんはにっこりと笑って食器を僕の方へと置く。

サーシャさんの雰囲気が変わったのはその瞬間だった。

「それじゃ、もう一頑張りしますか」

そう言って、サーシャさんが向き直った方向。

……そこにあるのは、山積みとなった書類だった。

「さて、後半分は終わらせておかないとね」

そう小さく呟いたサーシャさんは眼鏡をかけて、椅子に座ると高速でその指が動き出した。

「相変わらず、すごい仕事量だな」

洗い物をこなしながら、僕の口からそんな言葉が漏れる。

最初の僕のサーシャさんの印象、それはただの優しいギルド職員というものだった。

けれど、こうして過ごすうちに僕はサーシャさんがそれだけの人でないことを知った。

「……特級ギルド職員か」

ナウスさんから聞いた言葉、それがぽつりと僕の口から漏れる。

それは、僕も初めて聞いたギルドの中で特別な存在のことだった。

一級ギルド職員、特級ギルド職員。

それは、強大なスキルを持ち分野によって圧倒的な働きをこなすことのできるギルド職員に与えられる称号。

特に特級となると人格、能力ともに認められたということになり、大きな権限を持つと言う。

──そして、サーシャさんこそがその特級ギルド職員だった。

サーシャさんの持つスキルの詳細を僕は聞いていない。

しかし、サーシャさんは高速思考に関連する能力を持っているらしく、今も人間技とは思えないスピードで書類を処理している。

その光景を見ながら、僕はナウスさんから聞いたことを思い出す。

曰く、サーシャさんはこの若さで支部長の腹心として信頼されているギルド職員であること。

曰く、その仕事量は異常でサーシャさんがいなければラズベリアのギルドは動かないこと。

曰く、少し前、数日間だけサーシャさんが仕事を頼んできたことがあったこと。

……そう、その数日こそが僕がサーシャさんの部屋で看病してもらっていた時だった。

僕は改めて散らかっていく部屋に目をやる。

こうして散らかっていく部屋は確かに、サーシャさんが掃除が苦手ということも関係するだろう。

けれど、それ以上にあまりの忙しさ故に掃除する暇がないことが原因だと僕は理解していた。

そんな事情があっても、サーシャさんは僕のことを世話してくれていたのだ。

そのことを考える度に、僕の心が不自然に揺らぐ。

しかし、それを何とか心の奥底に封じ込め、僕はサーシャさんの前に少し冷ましたお茶を置く。

「サーシャさん、お茶置いておきますね」

「ん？」

僕の声に反応し、顔を上げたサーシャさんはすぐにくしゃりと笑う。

「やった！　いつもありがとね！」

そう言って、サーシャさんは少し冷めたお茶をさらにふーふーと冷ましながら飲み始める。

その姿に微笑ましさを感じると共に、僕はある強い思いを感じる。

僕はもっとこの人の役に立ちたい、と。

こんなにも僕のために動いておきながら、一切のアピールをしないこの人に僕は恩を返したい。

その思いを新たにしながら、僕はサーシャさんを改めて見る。

幸いにも、僕は自分がなにができるかを知っている。

「……サーシャさん、少しいいですか？」

「ん？　どうしたの」

普段、仕事中はお茶を出す時以外僕は話しかけない。

それもあって、サーシャさんは怪訝そうにこちらを見ている。

その表情に対し、僕は意を決して口を開く。

「僕に、その書類仕事を手伝わせてくれませんか？」

「……え？」

その瞬間、サーシャさんの顔に浮かんでいたのは滅多に見ることのない驚きの表情だった。

◇◆◇

「……大丈夫かな」

何度目になるかも分からない言葉が私、サーシャの口から漏れる。

目をおろすと、珍しく進んでいない書類が目に入る。

「はぁ」

それを見てため息をついた私の頭に蘇るのは、昨日ライバートが突然告げた言葉。

――僕に、その書類仕事を手伝わせてくれませんか？

「どうして私は許可しちゃったんだろ……」

そして、それこそが私の憂鬱の理由だった。

別にライバートのことを仕事ができない人間だと私は思っていない。

むしろ、ライバートはその年齢に見合わない落ち着きを持っているし、家事も効率よくこなす器用な人間だと思っている。

しかし、私が普段行っている仕事に関しては、軽率に任せられるものではなかった。

というのも、私の仕事をこなす量は桁違いなのだ。

いくらライバートが賢かったとしても、知能系のスキルがない以上ただの足手まといとなってしまう。

つまり私は、そのことが判明する前にやんわりと断るべきだったのだ。

仕事が終わってから傷つけるのではなく。

「でも、あんな目を見せられたらな……」

そう理解しながらも、私が断れなかった理由。

それこそ、私のためになりたいと真っ直ぐに語っていたライバートの目だった。

……おそらく私はライバートに絆《ほだ》されてきている。

最初はただの見捨てることのできない子供でしかなかった。

けれど、こうして一緒に過ごすうちに、私はライバートがかわいくて仕方なくなりつつある自分に気づいていた。

「私に弟がいたらこんな感じだったのかしら？」

そして単純に、私の生活はライバートの存在が不可欠となりつつもあった。

毎日家事をしてくれるライバートがいなければ、私の生活水準はもう保てない。

そもそも、ライバートの作る食事のない生活など私にはもう考えられない。

故に、私はライバートの頼みを断ることができなかった。

真剣な瞳でこちらを見て頼み込んできたライバートの姿は、今でもたやすく思い出せる。

あの表情、あの目で見られて、誰が断れるものか。

「……とはいえ、それで新しい問題が出てきてるのも事実なのよね」

ため息をついた私は、伸びをしながら立ち上がる。

進まない仕事と向き合っているよりは、ライバートを確認しにいくのがいいだろうと。

それを確認してなんとか口実を探し出し、手伝いを諦めるように説得するのが今考えられる一番の方法だろう。

私の仕事が終わってなくても仕方ないと。

「何とか傷つけずに言い出す方法ね……」

そう呟きながら、私は今や綺麗に片付けられたライバートの私室となっている客間に向かう。

軽くノックすると、返事はすぐに返ってきた。

「はい、どうぞー」

「ありがと、入るわね」

そう言いながら、私は部屋に入る。

その瞬間、私はある異常にすぐに気づくことになった。

「あれ、誰この子？」

私の目に入ったのは、ライバートの座る机の上にのっそりと乗る初めて見る精霊だった。

ベッドのところでおなかを上に向けて眠っているシロと、今はいないがライバートにべったりなヒナに関しては私もよく見ている。

しかし、この黒い甲羅をもつ亀のような精霊は初めて目にする子だった。

驚きを隠せない私に、苦笑しながらライバートは告げる。

「あ、初めてでしたね。ほらクロ、挨拶して」

そうライバートが言うと、クロは無言で片ヒレを上げる。

「こら、クロ！　ごめんなさい、この子は少しめんどくさがりで……。今この子には手伝ってもらっているんです！」

「……手伝う？」

その言葉に、私の頭を疑問が支配する。

手伝うもなにも、精霊にできることではないだろうに。

そう思いながら、私は机の上に目を移す。

するとそこには、山積みになった書類が残っていた。

その光景に、私は内心苦笑する。

やっぱり普通の人には私と同じ仕事量を求められはしない、と。

それにしても、どう言い出せばライバートを傷つけないだろうか。

そう考えながら、私は書類の山の一つを手に取る。
「……え？」
——その書類は既に終わったものだった。
一瞬、私の思考が止まる。
しかし、すぐに私は次の書類をめくる。
その次、果てには書類の山を手に持ち、次々に書類を確認していく。
「……これ、終わった書類の山なの？」
私がようやく事実を認められたのは、その時だった。
確かに私と比べると速いとまでは言えない。
けれどこの書類の量は、他のギルド職員を圧倒する速度だった。
目の前のことが信じられず、今度は一枚一枚書類を確認し始める。
「正しい……」
そしてさらに驚愕することになった。
確認した限り、全てが正しい書類の内容に。
確かに私がライバートに渡したのは、比較的簡単な書類だ。
計算処理などが多く、外部の人間が行っても問題のない類の。
だからと言って、この速度でこの精度は明らかに異常だった。
……そう、私と同じようにスキルを持っているとしか考えられないほどに。

「えっと、何かおかしいところありましたか？」

おそるおそると言った様子で声をかけてきたライバートに私は向き直る。

「ねえ、ライバート、貴方は召喚士なのよね？」

「え、はい？　そうですけど……」

「だったら、なんでこんなことができるの？」

「っ！」

次の瞬間、私はライバートの方に身体を寄せ、問いつめていた。

至近距離、ライバートの目が泳ぐ。

聞くのが悪いかもしれない、そんな考えが頭の片隅によぎるが、もう私の好奇心はとまることがなかった。

「あら、なに隠してるの？」

「……あの、その前に離れて」

「隠そうとしても無駄よ」

「そ、その……」

徐々に、ライバートの顔が朱に染まっていく。

しかし、それでも私はライバートの異常に気づかず問いつめようとして。

そんな私を冷静にする声が響いたのは、その時だった。

「ワレノ　チカラヲカシタ」

「……え？」

反射的に私は声の方へと振り向く。

そして、そこにいる存在、亀の精霊クロを見て固まることになった。

まさか、そこにいる精霊が口を開いた？

いや、精霊が言葉を話すなんてこと聞いたことも……。

「ハナレテヤレ　ヌシガメヲマワスゾ」

そんな私を追いつめるように、クロが言葉を続ける。

もう私には言葉はなかった。

言われるがまま、ゆっくり私はライバートから手を放す。

真っ赤なライバートが限界を超えたように私から離れた。

「あ、ありがと……」

そのライバートのお礼に、片ヒレを上げることで答えるクロ。

そんな姿に私の心の中で、そんな嫌がらなくていいのに、という場違いな感想が浮かぶ。

少し落ち着いたライバートが口を開く。

「えっとですね、先程言った通りのことになります」

「……どういうこと？」

飲み込めない私に、どこか自慢げな顔でクロを撫でながらライバートは告げる。

「クロが僕に力を貸してくれた、ということですよ」

◇◆◇

それから僕、ライバートは驚愕するサーシャさんへと懇切丁寧に自分の知る全てを説明した。

今まで僕の周りで一人しか知らない能力。

付与、について。

それこそが、僕が召喚士という立場でありながらオーガを倒し、アズリアを襲った暗殺者を撃退できた理由だった。

我ながら中々汎用性が高いと思う能力。

いや、正確には僕の家族である精霊達の能力というべきか。

僕は戦闘の際、精霊達には魔法を使うことで援護してもらっている。

かつて暗殺者を驚かせたシロの魔法のように、それもまた使い道が多く強力なものだ。

だが、精霊達が協力してくれるのは援護だけではない。

実は精霊達は、他にも別の方法で僕に協力してくれている。

それこそ付与——身体機能の強化だった。

精霊達には、それぞれ得意な能力がある。

ヒナは回復力。

シロは圧倒的な身体能力。

クロは、圧倒的な知力。

あともう一体の精霊にもまた。

そのそれぞれの強みを、僕は付与されることで精霊から分けてもらっていた。

これが戦闘系のスキルを持たない僕が、前衛としてバリバリに戦えていたからくり。

その付与の存在こそが、僕がこうして様々なことができる理由だった。

暗殺者と戦った時のシロの身体強化。

ぼろぼろの状態でもラズベリアまで来れたヒナの治癒。

そして、書類仕事をする時に必要不可欠なクロの知能強化。

その全てが、付与によるもの。

そう、付与という力は僕の切り札のような存在だった。

だからか、僕は今まで家族にもその力について話したことはなかった。

「つまり、これはクロの付与による力ですね。これで思考能力を強化してる感じです」

サーシャさんへと話しながら、僕の心にあるのは不思議な感覚だった。

説明する内容が複雑なこともあり、僕が話したのはクロの能力だけ。

まだサーシャさんと僕のつきあいは短い。

そんな状況下で付与について話す自分を、僕は他人事のようにおかしく思う。

ただ、自分の口が軽くなる理由について僕には思い当たることがないわけではなかった。

——尊敬に値する素敵な精霊達なのね。

気づけば、僕の口元に軽く笑みが浮かんでいた。

その言葉を言われた時、僕は気づいてしまったのだ。

それは僕が言ってもらいたい、そう願っていた言葉だと。

あの時から、サーシャさんは僕にとってただの恩人ではなくなったのだ。

あまりにも簡単な自分に、僕は苦笑しながら顔を上げる。

「っ！」

……僕が悪寒とともに、狩人が獲物を見つけたようなサーシャさんの視線に気づいたのはその時だった。

ふと、僕の頭にデジャブがよぎる。

それは僕の召喚士のスキルを知った時のサーシャさんの様子と同じ。

しかし今、その時の比にならない必死さがサーシャさんの目に浮かんでいた。

「ねえ、ライバート。君はギルド職員になる気はない？」

「……へ？」

◇◆◇

「お、ライバート！　こんな早くギルド職員になるとは思っていなかったが歓迎するぞ！」

「……話伝わるの早すぎません？　後、まだ決まってませんよ」

翌日、ギルドにたどり着いた僕はナウスさんの言葉に乾いた笑みを浮かべることになった。

内心どこから話が漏れたのか驚く僕に対し、ナウスさんは声を上げて笑う。

「お前がいつギルド職員になるか、どれだけ俺達が待ち望んでいたと思ってる！　それは噂になるさ！」

「っ！　あ、ありがとうございます」

そう言いながら背中をバンバンと叩くナウスさんに僕はつんのめりながらお礼の言葉を告げる。

こうして自分を評価してくれるナウスさんの言葉は、単純にうれしいものだった。

……ただ、その気持ちだけというには複雑な感情が僕の中には存在していた。

そう思うほどには、今までの展開は急なものだったのだから。

「支部長はもう中で待ってるぞ」

「ありがとうございます」

そうお礼を言うと、僕はギルドの中へと入っていく。

その僕の背中へと、興奮を隠さないナウスさんの声が響く。

「頑張ってこいよ！　ギルド職員採用試験！」

その声を聞きながら、僕は強く思う。

「……どうしてこんなことになったんだろ」

◇◆◇

「ではこちらに」

「……ありがとうございます」

顔見知りの女性ギルド職員、マリアさんに案内されながら僕は支部長の部屋へと向かう。

その途中、僕の頭に浮かぶのはこの急展開の理由となった昨日の一件だった。

狩人のような目のサーシャさんにギルド職員として勧誘された瞬間は記憶に鮮明に残っている。

むしろ、忘れられるわけがないインパクトがあった。

そしてそんな状況下で、僕にギルド職員の申し出を断るという選択肢はなかった。

……いや正確には、断るのを許されなかったという感じだが。

断ろうとした瞬間に、サーシャさんがいい笑顔で話を変えるのだ。

そしてあれよあれよという間に僕はギルド職員の試験を受けることが決まっていた。

さすがスキル持ちというか、クロの協力をかりても僕程度では相手にもならなかった。

とはいえ、実力不足かもという懸念以外に、別段僕に不満はないのも事実だった。

何せ、ここのギルド職員の人々は本当にいい人達だ。

そして何より、ギルド職員となればサーシャさんの役に立つことができる。

そうなれば、僕に断る積極的な理由はありはしなかった。

とはいえ、今の状況は決して僕の本意ではないのも事実だった。

「……昨日の今日で試験なんて」

僕はサーシャさんに勧誘された形になるが、何の試験もなくギルド職員になれるというわけではなかった。

というのも、いくら権限が強いとしてもサーシャさんにギルド職員の任命権はないのだ。

特級ギルド職員が有しているのは、ギルド職員をサポートする雑用係の任命権とギルド職員候補を推薦する権限程度。

正式なギルド職員任命権をもつのは、あくまでギルド支部長ただ一人。

そのギルド支部長の鶴の一声により、僕の試験は今日行われることに決まった。

「支部長もライバートに会いたがっていたらしい、か」

今日の朝、軽い調子でサーシャさんから告げられたその言葉を思い出し、僕はため息をつきたくなる。

どうして、もう少し時間をあけてはくれなかったのかと。

「緊張してるの？」

僕の前から声が響いたのは、その時だった。

顔を上げると、そこにいたのは心配そうな表情のマリアさんだった。

ショートの金髪から覗く心配げな視線と目が合う。

それに僕は苦笑しながら告げる。

「確かに、支部長は厳しいからね……。私の時も突発的に試験を受けさせられたし」

「そうですね、少し」

その言葉に、僕の顔が強ばる。

……サーシャさんはほぼ受かる、というか受からせると豪語していたが、そう現実は簡単に行かないらしい。

けれど緊張する僕と対照的に、マリアさんは笑顔で告げる。

「大丈夫よ。ライバートを支部長が逃すとは思えないし」

そこで、言葉を切ったマリアさんは後ろに手を回し、上目遣いで告げる。

「それに、もし落ちても私が付きっきりで教えて……」

「よけいなお世話よ」

「いったー！」

ぽこん、と音がしてマリアさんの頭に書類の束が振り落とされた。

頭を押さえたマリアさんの後ろから姿を現したのは、半目になったサーシャさんだった。

「そんな痛くないでしょうに。私がいるのにマリアじゃ力不足に決まってるでしょ」

「なによー！　サーシャは教えるの下手じゃない！　一般人には一般人が教えるのが一番なんですぅ！」

「悪いけど、ライバートも私側だから」

「……え？」

サーシャさんの言葉にマリアさんが絶句する。

しかしそれを無視し、サーシャさんは僕の手を取った。

「ほら、行こ。支部長はもう待ってるよ」

「待って、もうちょっと説明……」

サーシャさんは説明を求めるマリアさんを置いて、ギルド支部長室へと進んでいく。

そして、その扉を開いた。

◇◆◇

「お、よく来たな！」

部屋の中に入った瞬間、聞こえたのは魔獣の声に匹敵しそうな大きな声だった。

その声を聞きながら、僕は思わず固まる。

「ぴぃ」

「にゃう……」

僕の隣、ヒナとシロが現れたのはその瞬間だった。

それに気づいた僕は、ぎこちない笑みで口を開く。

「あれ、二人とも気になって出てきちゃった？　でも今は下がってもらって大丈夫だよ」

……そう言いながらも、実際のところ僕は理解していた。

二人が出てきたのは決して好奇心からではないことを。

それだけの脅威を目の前の人、ギルド支部長に感じたからだということを。

「お、これが噂の精霊か！　中々いい感覚をしてるじゃねぇか！」

そう言って豪快に笑うギルド支部長へと目をやる。

短い髪に、髭の生えた豪快な見た目に反し、その笑顔は人を落ちつける暖かみに溢れている。

しかし、その表情に安堵を覚える心とは別に、僕は警戒を解くことができなかった。

……一瞬でも気を抜けば、僕は殺されてもおかしくない、それほどの脅威を目の前の男性に感じた。

その感覚のせいで警戒を解くことのできない僕に対し、その人は豪快な笑みを浮かべながら手を差し出してくる。

「初めまして、だな。俺がラズベリアのギルド支部長なんて席に押し込められたバルクってもんだ！」

Aランク冒険者、頑強なるバルク。

目の前の男性の現役時代の呼び名が僕の頭に浮かんだ。

Bランクで近隣の街全体が脅威になりかねない魔獣と言われる中、Aランクは国を傾けかねない危険度とされる。

そんな魔獣と戦ってきた存在こそ、目の前の男性だった。

初めて対面する伝説の存在に、僕は緊張しながらも手を差し出す。

「……ギルド雑用のライバートと言います」

「ああ、聞いてる！　この有事に助かってるってな！」

「バルクさんにそう言っていただけると光栄です……。僕こそ、いつもお世話になっていますから」

そう言いながら、僕は思う。

なんて固い手のひらなのだろうと。

バルクさんの手は、戦う人間のものだった。

そしてまた、自分との体格差についても僕は意識せずにはいられなかった。

何せ、座っているバルクさんと立っている僕の目の高さが同じなのだから。

それは別に僕の身長が低い、というわけではない。

……あったとしてもそれは少しだけ……のはずだ。

何より、圧倒的な身体の大きさをバルクさんは持っていたのだ。

「ほう」

バルクさんの顔から、人のいい笑みが消えた。

僕は一瞬目を奪われるが、すぐにバルクさんの顔は元に戻る。

「そう硬くなるな、ライバート。俺のことは支部長でいい」

「え、いいんですか？」

思わぬ言葉に目を丸くする僕に、後ろにいたサーシャさんが告げる。

「この筋肉だるま支部長はどんなことも大して気にしないから、いいのよ」

「ぶわはは。ほめるなほめるな！」

「……ね」

疲れたような目でこちらにそう告げてくるサーシャさんに、僕はなんとか頷く。

「それじゃ、本題に入るか」

……バルクさんもとい、支部長の雰囲気が変わった。

「お前には一つ試験を受けてもらう」

「え？」

その言葉に、サーシャさんが滅多に見せない驚愕の表情になる。

しかし、それを無視して支部長は続けた。

「――ライバート、お前は俺と戦ってもらおうか」

「っ！　支部長、話が違います！」

僕が話す暇もなく、支部長から守るように前に出て、サーシャさんが叫ぶ。

「試験は免除するって……」

「免除すると言ったが、しないとは言ってないだろう？」

「……は？」

飄々と支部長が告げた言葉にサーシャさんは絶句するが、すぐに表情を真剣な物にもどす。

「とにかく、ライバートの事務能力には目を見張るものがあります！　そんな無理難題を出す必要は……」

「無理難題？　何を言ってやがる」

その時、支部長の顔から、今までずっと浮かんでいた人の良い笑顔が、完全にはがれ落ちた。

その顔のまま僕を見ながら、告げる。

「こいつ、結構やるぞ」

「え？」

驚きを隠せないサーシャさんの視線が僕へと向けられる。

それを真っ直ぐ見返し、僕は前に出た。

「サーシャさん、ありがとうございます……でも、僕は大丈夫です」

僕と支部長は真っ正面から向き合った。

そんな僕を見つめる支部長の目に浮かんでいたのは、僕を見定めるような真剣な眼差しだった。

その視線に、全身の毛穴が逆立つ。

視線だけで分かる。

目の前の人間は、自分には想像がつかないほど強い存在であると。

精霊達の助けを借りても勝てるかは、未知数。

「どうだ？　やるかい？」

「はい。お願いします」

しかし、そう告げる僕の声に一切の躊躇は存在しなかった。

支部長の視線を真っ向から僕は見返す。

確かに、異常な難易度の試験だと思う。

突然かつ、どうしてギルド職員になるのに戦闘の実力を測ることが必要なのかも分からない。

ただ、これがギルド職員になる為に超えないといけない壁なのだとすれば、逃げるという選択肢はなかった。

「いい返事じゃねえか」

そんな僕の決意を理解したように、支部長は笑う。

そうして立ち上がった支部長の身長は、僕より遙かに高く、見下ろされたことで何倍も威圧感を覚える。

それでも気圧されないように見上げる僕に、支部長は何かを手渡した。

「っ！　これは……」

僕に手渡されたのは、木剣だった。

同じものを手にしながら支部長が告げる。

「勝負は単純だ。今から俺は一撃お前に叩き込む」

そう言いながら、支部長が軽く木剣をふるう。

……それだけで支部長の高い技量が伝わる。

思わず絶句する僕に、笑顔で支部長は告げた。

「どんな手段を使ってもいい。次の一撃を避けて見せろ、ライバート」

先程までの朗らかな支部長はもういなかった。

ひりひりとする緊張感が肌を焼く。

……それだけで僕は理解できてしまう。

目の前の人は、本当にAランク冒険者だったのだと。

その姿を前にして、僕は意を決して口を開く。

「ヒナ、シロ、クロ」

それは僕の頼りになる仲間達の名前。

魔力が消費される感覚とともに、僕の仲間達が顕現する。

忌み子の証明たる召喚獣。

その意識があるからか、初対面の人を前に精霊を呼び出す時、僕には緊張があったが、今その緊張はなかった。

「ほう、それが精霊達か。いい面構えじゃねえか」

「支部長?」

「ん?」

先程と変わらない口調でありながら、びりびりとした緊張感を放つ支部長へと僕は問いかける。

「どんな手段を使ってもいいんですよね?」

その時、獰猛《どうもう》な笑みが支部長の顔に浮かぶ。

「ああ、いいぜ。勝負開始の合図はお前に決めさせてやる」

「ありがとう、ございます」

罠、仕込み、なんでもやれ、そう言外に告げる支部長。

その言葉に僕は思う。

……ただの勝負であれば、僕がこの人に勝てることはないのだろう。

Cランクと言われるオーガでさえ、僕にとっては圧倒的な存在だった。

現役でないとはいえ、それを遙かに越えるAランクの冒険者。

普段の僕であれば勝てる要素など、一切ない。

ただ、今回の試験であれば、別だった。

一瞬、たった一瞬を凌《しの》げばよいのだ、長時間の対峙を必要としないこの試練は僕とあまりにも相性がよすぎる。

背後に、言葉はなくともサーシャさんから心配の視線を感じる。

その視線にくすぐったいような感覚を覚えながら、僕は誓う。

サーシャさんの期待には、なんとしてでも答えて見せると。

そのためなら、Aランク冒険者との勝負にも勝って見せると。

支部長は僕をじっと見て動かない。

僕の準備が整うのをじっと待っている。

僕が何か行動をした瞬間、支部長も動き出す。

そう理解し、僕はゆっくりと準備を行う。

シロの付与による身体強化を行い、入念に作戦を練る。

「シロ、ヒナ！」

初撃に僕が選んだのは信頼する精霊達の魔法。

ともに戦ってきた相棒達の、ずっと頼りにしてきた一撃。

僕の言葉を聞き、支部長の纏《まと》う空気がまた変化した。

「じゃあ、はじめるか」

背筋に悪寒が走る。

それは先程の緊張感ともまた違う、もっと切迫した身体からの警告。

「にゃう！」

「ぴい！」

シロ、ヒナから雷撃と炎が放たれる。

しかし、支部長は何もしなかった。

……いや、正確にはするまでもなかった。

何故なら、身体に当たったたった二つの魔法は支部長に擦り傷さえ作ることもなかったのだから。

「頑強なる、バルク……」

その光景に僕の口から漏れたのは、支部長の異名。

「意味はわかってもらえたか？　行くぞ」

次の瞬間、支部長が木剣を振りかぶり、僕の脳裏に敗北の二文字がよぎる。

「バケモノダナ」

「お？」

クロが仕込みを終え、顔を出す。

同時に、支部長の下の地面が変化し、支部長の足元がぬかるみにとられ、地面にめり込んでいく。

それこそ、ヒナとシロの魔法を目隠しに発動したクロの魔法だった。

固い地面が溶け、支部長の膝まで地面に埋まっていく。

その光景を見ながら、僕の胸に安堵が広がる。

……この人を相手に様子見など選ばないでよかった。

最初から全力で挑むと決めていなかったら、今頃僕は負けていた可能性さえあった。

目の前のこの人は、僕の想像より遥かに強い。

侮っていたわけではないが、改めて支部長の恐ろしさを僕は理解する。

支部長の脅威度を修正しなければならない。

その時間を支部長が与えてくれることはなかった。

「器用だな、さすが召喚士」

「は？」

次の瞬間、支部長は軽々と僕の方へと飛び出してきていた。
……その足下の沼を一切、気にすることなく。
目前へと迫ってくるその巨体を目にしながら、僕の思考が一瞬止まりそうになる。
一体、どんな身体能力があればあんな不安定な足場でこんなことができるのか。
いや、そんなことはどうだっていい。
今は何とかしてこの一撃を避ける方法を。
「……っ！」
そんな思案は無駄だった。
迫る木剣を目にしながら僕は理解する。
この一撃は避けられない、と。
後ろ、横、魔法、付与。
それに切り札。
そのどれもが、この状況を打開できない。
どんどんと迫る支部長の木剣に、その速度から僕はそう確信できてしまう。
負けを覚悟したその時、僕の脳裏によぎるものがあった。
それは忘れることのできない光景。
アズリアを守れなかった時、目にした星空。
「ああああ！」

それが脳裏によぎった瞬間、僕は前へと踏み出していた。
それはただ僕の敗北を早めるだけの行動。
自分でも説明できないただの悪足掻《わるあが》き。
故に、この場にいる全員の動揺を誘った。
「ライバート！」
サーシャさんの声が響く。
そして、目の前の支部長の剣が僅かに鈍る。
それは隙ともいえない、ほんの少しのほころび。
僕はその瞬間に、全てをかけた。
「クロ……！」
叫ぶのは精霊の中で、一番の知能を持つ精霊。
その精霊の付与、思考速度強化の加護が僕へと与えられる。
――それも、シロの身体強化と同時で。
それは僕の切り札にして、諸刃の剣たる技術、二重付与。
支部長の動きに虚を突かれた今、一撃を受ける前に発動できるかどうかは賭けだった。
「っ！」
その賭けに僕は勝利した。
先程まで、矢のような速度でつっこんできていた支部長の木剣。

しかし今、その動きはゆっくりとしていた。
加速した思考が見せる世界の中、支部長のかすかな動揺まで見抜くことができる。
遅延した世界の中、僕は思う。
……ぎりぎりの勝負だった、と。
僕の切り札には確かに制限がある。
しかし、それでもここまで追いつめられるとは思ってもいなかった。
さすがAランク冒険者、頑強なるバルク。
ただ、もう、僕が勝負に負けることはあり得ない。
ゆっくりと動く世界の中、僕の身体をその木剣がとらえることはなかった。
僕は最適な動きで、木剣の軌道上から身体をずらす。
支部長の、信じられないという目を見ながら。
支部長の木剣が振り下ろされたその先に、もう僕はいない。
それは僕の勝利が確定した瞬間で。
——やるな、お前。
「……っ！」
支部長の口元、ゆっくりと笑みが浮かんだ。
信じられない出来事が起きたのは、その瞬間だった。
もう振り下ろされていたはずの木剣。

その軌道がゆっくりとずれていく。

そして、その剣先が僕の身体をとらえた。

思考加速を使わずに、僕の二重付与についてきている。

そうとしか考えられないその光景に、僕の胸を焦燥と驚愕が支配する。

それが僕のタイムリミットだった。

次の瞬間、ゆっくりだった世界が元に戻る。

動きが、思考が元へと戻っていく。

いや、それどころか身体に関しては重さを増している。

その重さに、僕は身体強化の付与も解けたことを知らされる。

……それこそが、二重付与の制限で、僕が勝負のタイミングを計っていた理由だった。

二重付与は確かに強力で、けれどその効果は短時間しか持たなかった。

しかも解けた後、付与はしばらく使えなくなる。

それこそが、僕がぎりぎりまで切り札を切らなかった理由にして、一撃だけの勝負なら勝てると確信できた理由。

この切り札は真剣勝負中では、付与が切れるという圧倒的なデメリットがあり使えるものではない。

しかし、一瞬の勝負であればこの付与で負けることなどあり得ない。

その僕の想定は今、大きく破綻していた。

衝撃に備えて僕は歯を食いしばり……しかし、それが訪れることはなかった。

「なんだよ、時間制限付きかい」

支部長の木剣は、僕の鼻先で止まっていた。

それに呆然とする僕に、支部長は笑いながら告げる。

「それにしても何個隠し玉があるんだよ、ライバート！　本当に召喚士は面白れえな！」

そう言いながら、木剣を引く支部長に僕は今更ながら気づく、支部長は本気を出してはいなかったことを。

支部長にとって、この一撃は手を抜いた一撃にしか過ぎず、それでさえ僕は避けることができなかった。

……それは言い訳もできない、圧倒的な敗北。

その現実に僕は思わず唇をかみしめる。

あれだけの覚悟を決めながら、まるで答えられなかった自分のふがいなさに。

失望されたかもしれないという恐怖に僕はサーシャさんの方を見ることができなくて。

「ライバート！」

「っ！」

そんな僕の顔をサーシャさんは強引に自分の方へと向けた。

その表情には、僕に対する失望は浮かんでいなかった。

それを見て、僕は一瞬安堵する。

何とか失望されることはなかったと。

しかし、すぐにその安堵は僕の心から消えた。

「馬鹿……！　なんて無茶してるの！　あんなの支部長じゃなきゃ、途中で止められないのよ！」

サーシャさんの顔に浮かぶ、心からの恐怖、安堵に気づいて。

「もしかしたら、死んじゃっていたかもしれないのよ……」

その声を聞きながら、心の中に安堵していた自分への罪悪感が浮かぶ。

サーシャさんの反応は僕が恐れていたものではなかった。

……けれど、それ以上に僕の心を締め付けるものだった。

サーシャさんの目が僅かに潤んでいることに僕は気づいてしまう。

「僕は、そんな……」

それに僕はなんと言えばいいのか分からなかった。

何とかサーシャさんを慰めようと僕は手を伸ばす。

しかし、その手は途中で止まる。

その手をどうしたらいいかも分からぬまま、僕は口を開く。

「違うんです、僕は」

「……ライバート？」

「別にサーシャさんを悲しませたくなんて」

そう言いながら、僕の頭に浮かぶのはかつてのアズリアとの一件、僕が魔獣の討伐に失敗して大きな傷を負った時の話だった。

アズリアが僕に過保護になったのも、その一件から。

その時も泣きながら傷を治すアズリアに僕は何も言えなくて。

あれから僕は変わらない。

「サーシャさんに答えたくて……。失望させたくなくて」

あの時と同じく、僕の伸ばした手は力なく地面に落ちる。

僕を温かい感触が包んだのはその時だった。

「……っ！」

「馬鹿ね、ライバート」

そう告げたサーシャさんの声には、未だ不安と恐怖が滲んでいた。

「――失望するわけないじゃない」

けれど、僕の耳元でささやかれたその言葉はどうしようもなく優しかった。

僕の身体に回されたサーシャさんの腕に力がこもる。

「だから、心配させないで。無茶なんてしようとしないで」

「サーシャさん……」

「分かった？」

優しいサーシャさんの言葉に僕は何とか頷く。

けれど、どうしようもなく胸にうずく思いがあった。

それに何故か涙が出そうになり、僕はうつむく。

「……ライバート？」

僕の名前を呼ぶサーシャさんの声にも僕は答えられなくて。

そんな僕への救いの手をさしのべてくれたのは、想定もしていない人だった。

「俺を忘れて二人の世界に入るのはやめてくれ、お二人さん！」

それはこの状況にもかかわらず、声の大きさの変わらない支部長。

その声に支部長の存在を思いだした僕は、一気に羞恥の感情を覚える。

何とかサーシャさんから離れようとするが……。

「あ？」

……そんな僕と、サーシャさんの反応は対照的だった。

聞いたことのない低い声に、僕の動きが止まる。

そんな僕の身体からゆっくりと手を離し、サーシャさんが立ち上がる。

「本当に脳天気な顔がうまいですね、支部長」

「さ、サーシャ？」

あの支部長のかすれた声が聞こえる。

「上司の決定は黙って聞いていました。どんな不満があっても大人しく」

「お、おう……。大人しくか？」

「でしたら、次は部下の忌憚《きたん》のない意見を聞く必要があると思いませんか？」

「ま、待て落ち着けサーシャ！　これには訳が……」

「訳？」

ぴきん、と空気が凍りつく音が聞こえた。

「へえ、私の約束を目前で破る理由にたる訳があったんですか？　その上でこんな小さな男の子をいたぶるにたる理由が」

「小さな男の子……」

流れ弾で僕の心をえぐりつつ、サーシャさんの怒りは続く。

「前までの話を覚えていましたか？　私に支部長はライバートに試験は必要ない、そう認めましたよね？」

「あ、ああ。だからそうしただろう？」

「は？」

混乱したサーシャさんに、支部長は困惑した表情で告げる。

「試験は免除したと言っただろうが」

「……一体どういう意味なんですか。実際に試験を支部長は行っていたじゃないですか」

「ああ、あれは別にギルド職員になるかどうかの試験じゃねえよ！」

満面の笑みで、何なら自慢げな様子の支部長にサーシャさんが尋ねる。

「つまり、この勝負はただの気まぐれで、勝敗は職員になるかどうかに一切関係なかったということですか？」

「そうだ！　ライバートが聞いていた以上に強かったから、戦ってみたくなっただけだ！　実際にこれだけ強いとは思わなかったがな。この実力を見抜いた俺の眼力をほめろ！」

脳天気にそんなことをうそぶく支部長。

僕の身体から一気に力が抜けた。

ぺたん、と地面に僕は座り込む。

疲れ以上に、僕の心にあったのは安堵だった。

「……僕、ギルド職員になれたんだ」

「何言ってる？　お前みたいな逸材を逃す人間がいるわけねえだろうが」

その言葉が支部長の本心だと理解できて、ようやく僕は実感できる。

その安堵を抱きながら、僕は笑う。

「そっか……。僕、負けた時にもうだめだって」

「ん？　試験はお前の勝ちだぞ？」

「え？」

想像もしない言葉に僕は固まる。

そんな僕に当たり前のように軽い口調で支部長は続ける。

「最後、木剣の軌道を変えてあれが一撃と言い張るつもりは俺にはねえよ。あれは俺の負けだ」

その言葉を受けてもなお、僕はまだ支部長の言葉を飲み込めなかった。

そんな僕に、支部長は豪快に笑って告げる。

「もっと喜べ、ライバート。お前はこの俺、頑強なるバルクが負けを認めた男だぞ」

「わっ」

そう言いながら支部長はがさつに僕の頭を撫でる。

それは決して心地よい感触ではなくて。

それでも、何故かいやではなかった。

「お前はすごい奴だな、ライバート。お前がギルドに入ってくれて心強いぜ」

そう告げた支部長の笑みは、心からうれしそうな表情で、僕は理解する。

支部長の言葉は本心からのものであることを。

「そ、そのありがとうございます」

急に恥ずかしくなってきた僕を、面白そうな表情で支部長が見ている。

「いい話で私が済ませてあげると思わないでくださいね」

……しかし、その支部長の笑顔は底冷えするサーシャさんの声によって固まることになった。

「一体何度、何度、何度言えば分かるんですか？　もっと説明を詳細にしろと。有事の際だけ丁寧にすればいいというものではない、昨日も言いましたよね？」

「その、だなサーシャ……」

「この件は奥様に報告するので」

「サーシャ⁉」

悲痛な悲鳴を上げる支部長に、サーシャさんはにっこりと笑う。

「いたいけな少年を振り回して楽しんでいた、そうきちんと奥様にはお伝えさせていただきますので」

「ま、待て！　それは語弊があるだろう！」

「そうですか？」

絶対零度のまなざしで支部長を一瞥しつつ、サーシャさんは吐き捨てる。

「最初から最後まで、私にはそうとしか見えなかったですけど」

その言葉に思うところでもあったのか、支部長が押し黙る。

「早く仕事に戻ってもらえます？」

「分かったぜ……」

サーシャさんのだめ押しの一言に、とぼとぼと去っていく支部長。

その背中を思わず心配で見る僕に、サーシャさんが苦笑して口を開いた。

「あれでも頼りにはなるのよ。……有事だけは」

「は、ははは……」

本人が消えた後でも悪態をつく様子に、サーシャさんの怒りが見え、僕は苦笑することしかできない。

「本当にごめんね、ライバート。余計な心配ばっかりかけてしまって」

「え、いいえ！　大丈夫ですから！」

頭を下げたサーシャさんに、僕はあわてる。

「びっくりはしましたけど、そんな謝られるようなことじゃ……」

「いいえ、謝るべきことよ。それくらいの覚悟でこの場に来てくれていたんでしょう?」

「……っ」

その言葉に僕は衝撃を受ける。

あれだけ必死に頑張ったのだ。

伝わらないわけがない。

……必死に頑張ったことが、何故か今僕は恥ずかしくてたまらなかった。

「ふ、ふふふ」

「……その顔をやめて下さい」

その恥ずかしさの理由はサーシャさんの言葉が原因に違いない。

こちらに向けるゆるんだサーシャさんの表情にそう結論づけた僕は、顔を横に向けたまま怒る。

「ごめん、ちょっとかわいくて……」

「本当に謝る気あります?」

「ごめん、ごめん」

「謝意を感じないんですけど!」

怒る僕に、何故かサーシャさんの笑みがさらに深くなっていく。

その反応に、いつものサーシャさんだと僕は諦めようとするが。

「でも、うれしかったよライバート」

いつにない、サーシャさんの声が僕の胸を打った。

「無理はして欲しくないけど、私の期待に応えようとしてくれてありがとう、ライバート」

その声を聞きながら僕は思う。

……本気で僕はサーシャさんが苦手かもしれない、と。

「だから、その気持ちをもてあそぶような結果になってしまってごめんなさい」

あれだけふざけていたのに、今は真摯に頭を下げるサーシャさん。

その姿にどうしようもなく気持ちを揺らされる自分に今、僕は気づいていた。

「……謝罪を受け入れます。そもそも僕はまだ、サーシャさんに恩を返していないですから」

「ありがとう。恩なんてもうないようなものだけどね」

自分の失態は丁寧なのに、僕の恩義に関しては無頓着な姿。

本当にこの人は僕に何をしてくれたのか、理解していないのだろう。

「それから」

「はい？」

「ギルド職員おめでとう、ライバート。歓迎します。──ライバートが私のところに来てくれてよかった」

「……っ」

尊敬できる人で恩人。

けれど、こうして心を揺らしてくるところだけは苦手かもしれない。

「ありがとう、ございます」

そう思いながら、うつむき僕はお礼を口にする。

……その口元がゆるんでいることに、気づきながら。

第五章 ◆ 森の調査 —— Episode 5 ◆

「ライバート、この書類お願い！」

「分かりました！」

ナウスさんから渡された書類を僕は受け取り、代わりに手渡されていた書類を取り出す。

「これ、以前渡されていたものです！」

「昨日の書類か⁉　もうできたのか！」

「い、いえ、運良くナウスさんから教えてもらったところの書類で……」

「それにしたって限度があるだろ……」

そう言って唖然とするナウスさん。

その姿に、僕の心に照れくささが浮かぶ。

その時、ナウスさんの背後から、一人の女性が近づいてきた。

「邪魔よ、ナウス」

「わざわざ当たってくるな、マリア！」

ナウスさんの怒声に、舌を出すことで答えにしたマリアさんは僕に微笑みかける。

「これ、シロちゃんとヒナちゃんに渡してくれない？」

「え、こんなお菓子いいんですか！」

そう言って僕が渡されたのは、明らかに高級なお菓子だった。

想像もしていなかったおみやげに、僕は驚きを隠せない。

「当然じゃない……！　貴方達のおかげでどれだけ助かっていることか！」

そう力説するマリアさんからは鬼気迫った様子が漏れ出ていた。

それこそ、今までの仕事の忙しさを物語っていて、僕は思わず苦笑する。

「今まで、伝書鳩がいない際の緊急時には、走って手紙を届けることもあったのよ……！　本当に信じられない！」

「言っておくが、走っていたのは俺だからな」

「うっさい。その分、溜まった仕事押しつけてきたのは忘れていないから」

無言で睨みあうナウスさんとマリアさん。

その様子に最初は僕もびっくりしていたが、今は理解できている。

二人が喧嘩しているのは、余裕がある時限定のじゃれあいのようなものだと。

「それなら、お言葉に甘えさせていただきますね……！　わあ、これはシロが喜びそうだな」

そう言いながら、僕はシロが今すぐにでも顕現しようとしていることに気づいていた。

しかし、それを前回の反省から僕は必死に阻止する。

「……今回はシロに独り占めさせることはないようにしますね」

実はこうして貰い物をするのは初めてではない。

最初に貰った時は勝手に顕現したシロが食べ尽くしてしまったのだ。

その時のことを思い出し圧をかける僕に、シロが顕現するのを諦めたのが伝わる。

「まあ、食いしん坊なシロちゃんも可愛いものね……！　それくらいお礼の内なんだから気にしないでいいわよ！」

そう言ってくれるマリアさんに、僕はさらに決意する。

なんとしても、シロに失礼を働かせるわけにはいかない、と。

「……そんなことより、ライバートは無理してない？」

「え？」

「だってまだ貴方ギルド職員になって一ヶ月も経っていないのに、凄い仕事量をこなしているじゃない」

その言葉に僕は自分の身体を見下ろす。

未だ見慣れないギルド職員の制服に身を包んだ自分を。

「そうだな。配達に、書類仕事。やれることこそ限られるが、俺達よりよっぽど働いてくれている」

そう言うナウスさんの顔に浮かぶのは僕への心配。

「……本当に無理はしてないか？」

その心配を受けて、僕は思わず笑い出しそうになるのを堪えるのに必死だった。

僕はあまりにも周りに恵まれすぎている、と。

忌み子である僕にこんなにもよくしてくれる人達に巡り会えるなんて、と。

「いえ、元々はもっと仕事をこなしていましたから」

自身の境遇に感謝しながら、僕は笑ってそう告げる。

そう言いながら僕の頭に蘇るのは、まだ実家にいた時の記憶。

あの時も雑務とはいえ、領地運営の仕事をしていたのだ。

ギルドでこなすよりも量も多く、難易度も高かった。

そしてどれだけ頑張っても、こんなにも認めてくれる人はいなかった。

ヨハネスが毎回ほめてくれていたものの、アズリアは書類仕事の中身まで把握しておらず話す機会もなかった。

「だから、今の僕は天国みたいなものなので」

そう僕が笑顔で言うと、何故か感激した様子のマリアさんが突撃してきた。

突然のことによけるわけにも行かず固まった僕を、マリアさんが強く抱きしめる。

「ああ、もうなんていじらしいの……！　私がもう家に持って帰る！」

「え、あの、その……。離れて」

「もちろん仕事も教えてあげるわ！　いいでしょ！」

そう喜びを爆発させるマリアさんに、僕はどう反応したら良いかも分からず、ただ逃げだそうとすることしかできない。

「いいわけないでしょ！」

「あいたぁ！」

聞き覚えのある声が響いたのは、そんな時だった。

軽快な音とともにマリアさんの手がゆるみ、僕はほうほうの体でその場から逃げる。

振り返った僕の目に入ってきたのは、頭を押さえるマリアさんと書類の束を丸めて握るサーシャさんの姿だった。

「人がいない時に何勝手に勧誘してんのよ！」

「だって……。私も癒しが欲しいんだもん！」

「俺も欲しい……」

「ええい！　よるなよるな！」

何故かじりじりとよってくるマリアさんとナウスさんに、サーシャさんは書類の束を振り回し威嚇する。

「思考加速系のスキルを持っているライバートの教育係は私だから」

「え、ライバート思考加速のスキルも持ってるのか！」

初めてその話を聞いたナウスさんが、衝撃の事実に固まる。

「どうりで仕事が速いわけだ……。いや、そうだとしたらライバートは何ができないんだよ」

「確かに教育係はサーシャが適任だけど……。家にくらい連れ帰ってもいいじゃない！」

「無理でーす！　ライバートがいないと私のご飯はどうするんですか！」

「サーシャは甘えすぎでしょうが！　ほらライバート、私の家に来たらこのものぐさずぼらと違って、私がご飯作ってあげるわよ？」

そう言って、僕の顔をのぞき込んでくるマリアさんに僕は思わず苦笑する。

……サーシャさんのずぼらは周知の事実なのか、そう思いながら。

「何よ！　私は忙しいのよ！　仕方ないでしょ！」

「サーシャに関しては元の性格も大きいでしょうが！」

「何年一緒に仕事をしてきたと思っている。もうばれてるぞ」

マリアさん、ナウスさんの言葉にサーシャさんは無言で顔を逸らす。

そんな現場を見ながら、僕もサーシャさんを擁護することはできなかった。

サーシャさんが忙しいのは確かに事実だ。

しかし、元々ものぐさであることについては僕も理解しつつあった。

「あ、ライバート新しい仕事の話があったの」

「逃げた！」

「う、うっさい！　ほら、ライバート行くわよ」

「は、はい！」

次の瞬間、僕の手を引っ張り走り出したサーシャさんに、僕は抵抗することなくついていく。

……大分無理矢理逃げたな。


走っていたサーシャさんが速度をゆるめたのは、マリアさんとナウスさんの姿が見えなくなってからだった。

念入りに二人の姿が見えないかを確認してから、サーシャさんは口を開いた。

「そうそう、仕事の話なんだけど」

「……え？」

サーシャさんの言葉に、僕は思わず声を上げてしまう。

仕事の話は口実だと思っていたのだ。

「何よ？」

「い、いえ……」

「まあ、いいんだけど。そろそろライバートも書類仕事にはなれたでしょう？」

「はい」

そう言いながら僕はここ最近の仕事を思い出す。

確かに量は多かったが、思考加速をクロからもらえる僕にとっては大した問題ではなかった。

ただ、一つ問題をあげるとすればそろそろ仕事に飽きてきたことだろうか。

「なら、ライバートにはステップアップしてもらおうと思って」

「っ！」

ステップアップ、その言葉に僕は自然と息を呑《の》んでいた。

ギルド職員の仕事は大きく二つある。

一つが僕が今やっている書類仕事。

その量は膨大で、ギルド職員が思考加速系を持っていると有利になると言われるのはこれが原因だ。

そして新人の僕はまだ、書類仕事しかしたことがない。

「そう、貴方には冒険者と関わる仕事をしてもらいます！」

故にその言葉を聞いた時、僕は喜びを隠すことができなかった。

ギルド職員のもう一つの仕事、それこそが冒険者と関わる仕事だった。

冒険者のサポートが主だが、その仕事は多岐にわたり、ギルド職員の仕事の代表的なものとされる。

「え、普通なら二ヶ月は研修なんじゃ……」

「本来はね。まあでも、ライバートはもう研修なんて必要ないでしょ」

わずかに、サーシャさんの表情が曇った気がした。

「……それに、悠長にしている時間はないからね」

「え？」

「ううん、こっちの話。まあ、冒険者の仕事と言っても今回ライバートにお願いしたいのは少し変わった仕事なの」

「変わった仕事ですか？」

「ええ。ライバートには調査をお願いしたいの」

調査、その言葉に僕は思わず目を開く。

何せ、その仕事は本来ベテランのギルド職員が頼まれるものなのだから。

「支部長がライバートならいける。冒険者のサポートもあるし、実力を見るチャンスだなんて言い出してね……。本当にあの脳筋、何も考えずに人を配置するんだから……」

怒り心頭の様子のサーシャさんと違って、僕は内心興奮を抑えることができなかった。

これで僕も正式にギルド職員と名乗れるのではないか、そんな考えに僕の口が緩みそうになる。

「……ライバート？」

サーシャさんの低い声に、僕は咄嗟に愛想笑いを浮かべる。

先日の支部長との一件から、サーシャさんの勘が鋭くなっている気がする。

ごまかそうと、僕は口を開く。

「あ、いえ、本当に仕事の話だったんだなと思って」

「当たり前じゃない！」

そう言いながらも、僅かにサーシャさんが目を逸らす。

その反応に疑問を覚えながらも、僕は追及を逃れたことに安堵する。

「……ところで、ライバートはマリアのところには行かないわよね？」

サーシャさんが小さく問いかけてきた。

その言葉に僕は一瞬目を開き、次の瞬間必死に笑いをかみ殺すことになった。

だって、そんなことあり得るわけがない。

僕の恩人はサーシャさんなのだから。

「サーシャさんも料理、少しくらい勉強して下さいね」

「……善処するわ」

苦虫を噛み潰したようなサーシャさんの顔に、僕は笑いながら廊下を歩く。

「お願いしますね！　そう言えば、向かっているのは支部長室ですよね？」

「ええ、そこに協力してくれる冒険者達がいるわ。Cランクの凄腕よ」

その言葉に僕は思わず目を見開く。

Cランク冒険者、その存在は決して簡単に仕事を頼めるような存在ではない。

それは僕の存在を重宝してくれているという証明で、僕は興奮を隠せない。

「……ライバート」

僕がサーシャさんの違和感に気づいたのは、その時だった。

サーシャさんが僕に向ける表情。

それは複雑かつ気まずそうなもので、僕は目を瞬く。

「最初に謝っておくわ。ごめんね」

「……え？」

「さあ、着いたわよ！」

僕にそう告げて、支部長室にノックもなく入っていくサーシャさん。

その背中に、僕は謝罪の意味を問うことができなかった……。

◇◆◇

「何だこのガキ、本当に十五かよ」

それから数分後、僕は無言で俯いていた。

俯きながら、僕は思う。

……サーシャさんの謝罪はこういう意味か、と。

「バルクさん、本当にこいつ使えるんですか。ゴブリン相手でも負けそうなんですが」

そう僕を口にくわえたたばこで指すのは、薄汚れた三十代くらいの大柄な男性だった。

軽装の鎧を身につけ、二振りの剣を床に置いている。

「なあ、お前もそう思うだろアジャス」

もう一人は一言も発さずこちらを見ている、軽装で太刀を手にした同じく三十代ほどの男だった。

顔は整っているが、その表情はいっさい感情が読めず、不気味さを覚える。

「がはは！　相変わらず厳しいな、ベリアル」

支部長はいつも通りだったが、サーシャさんもどこか居心地悪げに後ろに立っている。

この場の空気は最悪に近かった。

「バルクさん、いつも俺は言ってるでしょう?」

その空気の元凶たる、ベリアルさんは支部長を睨みつけながら続ける。

「勘違いした若手は教育してから俺達に渡してくれ、と」

そこには隠す気のない敵意が込められていて、僕はただ縮こまることしかできない。

先程まで、Cランク冒険者と仕事ができると浮かれていた自分が、今は憎くて仕方なかった。

僕は必死に空気に徹そうとする。

「おい、お前、召喚士らしいな。何ができる?」

しかし、無理だった。

ベリアルさんの声に、逃げられなかったことに気づいた僕は何とか愛想笑いを浮かべながら口を開く。

「偵察と戦闘は少々」

「具体的に何ができるのかを言えよ」

真っ直ぐに僕の目を見ながら、ベリアルさんは続ける。

「初対面同士でパーティーを組むのなら、実績は具体的かつ分かりやすいものを用意しておけ。経験の低い奴はなおさらな。そんな常識も知らないのか」

その言葉に何も言えず、僕は押し黙る。

「安心しな、ベリアル。ライバートは俺の一撃を耐えしのぐ程度の実力はある!」

何故か自慢げな支部長が口を開く。

「ほう、支部長の一撃を?」

その言葉にベリアルさんが僕を眺め、失笑した。

「手ぇ抜きすぎでしょ、バルクさん」

「っ！」

アジャスさんが動いたのは、その時だった。

突然のことに僕の思考が一瞬停止し、けれどすぐに叫ぶ。

「シロ！」

「にゃう！」

しかし、僕が動けたのはそこまでだった。

「この程度の動きにも反応できんか」

身体強化、シロの魔法を使う間もなく、アジャスさんの大剣は僕の喉元に突きつけられていた。

「何、を……」

「腕試しだよ」

そう言って、たばこの火を消し捨てたベリアルさんは告げる。

「俺達が敵だったらお前死んでたぜ。やっぱり、所詮子供だな。警戒心がなってねえ」

それに僕は何も言えずに黙り込む。

言いたいことは山ほどある。

しかし、それ以上に僕の中にあったのは悔しさと、アジャスさんの動きに対する賞賛だった。

……完全に不意をつかれたとはいえ、僕が反応できなかったのはアジャスさんの動きが洗練されていたからだ。

この人達は強い。

そうおののく僕と対照的に、ベリアルさんは笑った。

「やはり、自惚れてるだけのガキか」

「訂正して下さい」

その時、凛としたサーシャさんの声が響いた。

その声を受けてベリアルさんは一瞬驚き、その口元ににやにやとした笑みを浮かべる。

「お前が口を挟んでくるのは珍しいじゃねえか、サーシャ」

「後輩を馬鹿にされて黙っているほど私は優しくないので」

にっこりと、怒りが滲む笑顔でサーシャさんは続ける。

「言っておきますが、ライバートが支部長と渡り合ったという話は嘘でも何でもないので」

「ほう。俺にはただの勘違いしたガキにしか見えないが？」

「それは見る目が衰えただけでは？」

いつになく攻撃的なサーシャさんにベリアルさんは楽しげに続ける。

「は、そうかよ！　なら俺達が全力でやってもいいんだな？」

「ええ。どうぞご自由に。ライバートなら何の問題もないので」

「言質は取ったぞ！　いいよなバルクさん？」

意地の悪い笑みを浮かべてそう告げたベリアルさんに対し、支部長はいつもと同じだった。

「いいぞ！」

「……そうかよ」

その言葉を最後に、ベリアルさんとアジャスさんは武器を取って立ち上がる。

「明日の早朝、ギルドの前に集合だ」

乱雑にそう言うと、支部長に一礼して二人は扉の方へと歩き出す。

「おい、ガキ」

サーシャさんと支部長に聞こえない声で僕に告げたのは、ちょうど僕とすれ違った時だった。

「勘違いしたお前みたいな奴が俺は一番嫌いだ。足を引っ張るなよ」

それに僕が何も返せずにいる間に二人は部屋から出ていってしまう。

……その背中を僕は見送ることしかできなかった。

「強烈な、人達ですね」

ようやく、僕がそう呟いたのはそれから少ししてのことだった。

しかし、僕の中には違和感があった。

それを口にしようとして。

「ライバート、ごめんなさい……！」

顔を真っ青にしたサーシャさんが頭を下げてきた。

「つ、つい売り言葉に買い言葉で乗せられちゃった……」

「がはは、あの二人のことサーシャは苦手だもんな」

「だから今日はライバートを守ろうと思って来ていたのに……！」

「え、何の謝罪なんですか……？」

ようやく疑問を口にできた僕に、サーシャさんは顔に罪悪感を浮かべながら告げる。

「……あの二人を本気にさせてしまった謝罪よ」

「本気にさせてしまった？」

「ああ、覚悟しておけライバート。あの二人は本気でお前をしごきにくるぞ」

そう言いながら笑みを浮かべる支部長に、僕の顔がひきつる。

「そんなに怖い人なんですか？」

「サーシャの様子見たら分かるだろう？」

そう言って目を向けた先では、青白い顔を浮かべるサーシャさんの姿がある。

「今回は手を抜いてもらおうとしていたのに。本当にごめんね、ライバート」

「別に謝らなくていいですよ」

「え？」

「……その、怒ってくれたのうれしかったので」

少し気恥ずかしくなって、僕はサーシャさんから目をそらす。

ただ、うれしい気持ちは本心だった。

別に少しくらい、厳しくなろうが僕にはどうだってよかった。

召喚士として戦えるように鍛えてきた中で、僕だって辛い経験はある。

そんなことより、僕のためにサーシャさんが怒ってくれたことの方が何倍も僕は大事で。

「任せて下さい、サーシャさん。僕なら大丈夫なので」

それに、と僕は内心思う。

少なくとも、ベリアルさんとアジャスさんが僕には信用できない人間に思えなかった。

今までの会話を思い出しながら、僕はその思いを強くする。

「きちんと調査を終えて帰ってくるので安心して下さい！」

「ライバート」

そんな僕の顔を見て、サーシャさんが柔らかく笑う。

「うん、期待してる。私の自慢の後輩だもの」

その言葉だけで僕は何も言えなくなってしまう。

そんな僕に微笑みながら、サーシャさんは続ける。

「だからきちんと無事に帰ってきてね。無理はしないで」

「……はい」

その言葉に笑って答えた時、僕の胸にはもう先程の冒険者達への恐怖はなかった。

◇◆◇

「遅れなかったか」

翌日、集合場所にたどり着いた僕を待っていたのは、開口一番の刺々しいベリアルさんの挨拶だった。

昨日と違い、張りつめた雰囲気を纏うその姿に、僕は愛想笑いを浮かべることしかできない。

「こちらから遅れることなんてないですよ。僕が教わる立場なんですし」

「ふん。行くぞ」

僕の言葉にそう簡潔に告げ、すぐにベリアルさんは動き出す。

その後ろにアジャスさんも続く。

「で、調査の内容については頭に入れているのか？」

「は、はい」

そう言いながら、僕の頭に蘇るのはあれから支部長に聞いた調査の詳細についてだった。

「フォレストウルフ、異常発生についての調査ですよね？」

フォレストウルフ、それは狼の姿をしたＤランクの魔獣だった。

ランクは決して高くはないが、集団で動く時もあり、その際の脅威度はＣランクにも匹敵するという。

そんなフォレストウルフが最近異常発生しており、それこそがラズベリアのギルドが忙しい理由の一つだった。

そして、その異常発生の原因の調査、それが僕達の任務。

僕の言葉に、ベリアルさんは頷く。

「そこまでは聞いたか」

「はい、足を引っ張らないようにだけは……」

「無理だよ。もうお前は俺達の足引っ張ってるよ」

「え？」

僕に向けられたベリアルさんの冷ややかな視線。

いきなりそんな視線を向けられると思っていなかった僕は、動揺を隠せない。

「やっぱりガキか。お前何も知らないな」

「何を言ってるんですか？　僕だって……」

「お前、フォレストウルフ相手なら何が起きても大丈夫だと思っていないか？」

僕の内心を見透かすような一言。

それに僕は思わず言葉を失った。

別に油断しているわけじゃない。

ただ、この調査に命の危険があるなどとは僕は思っていなかった。

相手はフォレストウルフ。

群れでも僕なら逃げ切ることくらいはできる。

そんな考えはずっと頭にあった。

「お前、匂い袋はもってるか？」

「匂い袋……？」

「は、そのレベルかよ！」

ベリアルさんがさもおもしろそうに笑う。

明らかな冷笑に僕の顔が引き攣《つ》る。

「ウルフ系の魔獣相手を想定していて匂い袋も用意しないとか、どれだけ世間知らずだよ！　嗅覚の鋭い魔獣を退ける用のアイテムも知らないのか？」

「……はい」

「おいおい、これじゃ本当にお守りじゃねえか！」

その言葉に僕も苛立ちを覚える。

けれど、僕は必死にその苛立ちを抑える。

何故なら僕にも自分の知識不足が理解できたから。

「そもそも、調査の意味さえお前、理解してねえな」

「意味、ですか？」

「調査ってことは、今回の異常発生の裏には上位の魔獣がいる可能性を示唆してんだよ。お前はその可能性も頭に入れてなかったな。いざ上位の魔獣と遭遇したら、お前は真っ先に死ぬぞ」

……言葉が悪くても、ベリアルさんの言葉は正論だった。

「いいかガキ、頭に入れておけ。調査で一番優先すべき仕事は生き延びることだ。どんな些細な情報でも持ち帰る、それが最優先の仕事だ」

「……はい」

「ち、これだからガキは嫌いだ。何も知らねえ」

そう言ってずんずんと先に進んでいく、ベリアルさん。

その背中を見ながら、僕は思う。

確かに態度は悪い。

仲良くしたい人かと問われれば、首を傾げざるを得ないだろう。

それでも、それだけの人でないことに僕は気づきつつあった。

「ライバート」

「は、はい！」

突然アジャスさんに声をかけられた。

初めて聞いた声に、咄嗟に振り返るとアジャスさんの手にあったのは森に生えている野草だった。

「これは何ですか……？　って、臭！」

思わず鼻を摘《つま》んだ僕を無視し、アジャスさんは僕の懐に強引にその草を入れてくる。

抵抗を許さないその行動に僕は何かの嫌がらせかと、内心悲鳴を上げる。

「それ、匂い袋の原料。もっておけ」

しかし、それは勘違いだった。

淡々とそれだけ告げたアジャスさんは後は何も言うことなく、ベリアルさんの背中を追って進んでいく。

その背中を見ながら、僕はぽつりと呟く。

「……あの人達は」

僕の中にあったイメージはもしかして勘違いだったのではないか、と。

しかし、その考えが僕の中で固まる前に怒声が飛ぶ。

「さっさと来い、ガキ！」

「は、はい！」

そう言って走る僕の心の中、ベリアルさんとアジャスさんへの苦手意識は少しずつ薄れつつあった。

◇◆◇

「来ます！　左から三体！」

僕が叫んだ次の瞬間、フォレストウルフのうなり声が響く。

その時既にアジャスさんは動いていた。

「シッ！」

鋭い呼吸とともに放たれた太刀がフォレストウルフを切り裂く。

その太刀には魔法が乗せられており、僕は理解する。

アジャスさんは魔法剣士であることを。

同時に、ベリアルさんももう一体のフォレストウルフを双剣で切り裂いていた。

扱いが難しく、強い筋力が必要とされる双剣。

それを自在に扱うその姿に、僕は内心舌を巻く。

さすがCランクと言うしかない、と。

「グルル……！」

最後の一体が僕の目の前に現れたのは、その時だった。

その姿を認めた瞬間、僕は全力で前に踏み出していた。

普段であれば身体強化を扱っている二人の動きに僕は遠く及ばない。

「にゃう！」

ただ、今の僕にはシロがいる。

シロの付与によって身体強化を得た身体は、一瞬でフォレストウルフまでの距離を詰める。

そこまで行けば、フォレストウルフは僕の間合いの中だった。

次の瞬間、ギルドに貸与された剣によってフォレストウルフは両断される。

「よし」

それを確認した僕は剣についた血を軽く拭う。

僕へと向けられた視線に気づいた。

振り返ると、アジャスさんとベリアルさんは無言で僕を見ていた。

「どうかされましたか？」

「……いや」

ベリアルさんはそこで一瞬言葉を止める。

しかし、すぐに顔を真剣なものにして口を開いた。

「お前の偵察についてだが、次からは敵の気配を感じたらすぐ伝えてくれ、敵の距離、数は後でいい」

「はい、分かりました」

確かに、今回は報告から現れるまでぎりぎりだった。

ベリアルさんやアジャスさんでなければ反応できたかどうか。

やはり、今の僕はCランク冒険者に甘えている。

「それと、倒す際に気を抜く癖がある。それも気をつけろ」

「……はい」

「勝負が決まったと思う時、人は一番油断する。忘れるなよ。……手負いの獣が一番厄介だ」

真剣な表情で話を聞く僕に、ベリアルさんがためらいがちに口を開く。

「なあ、ガキ」

「はい？」

「……お前本当に召喚士か？」

その質問に僕は思わず黙り込む。

二人の目の前でヒナとシロも呼び出したのにもかかわらず、まだ疑われているのか、と。

そんな僕の内心が出ていたのか、気まずげにベリアルさんは続ける。

「間違いなくお前、身体強化を使っているよな。なのに本当に召喚士なのか……」

「そう言えば言ってませんでしたね」

付与の説明について僕が思い出したのはその時だった。

「実は僕の精霊達は付与と言って」

「おい、馬鹿かお前！」

「え？」

「他人に手の内を簡単にさらすとか、何を考えている！」

そう僕を睨みつけるベリアルさんには本気の怒りがあった。

その怒りを真っ向から受けて僕は驚きを隠すことができなかった。

「そもそも、だ。お前は不用心がすぎるんだよ」

何故なら、もう僕にも間違いなく理解できたのだから。

……今のベリアルさん達の怒りは間違いなく、僕への心配から来ていると。

「冒険者がどれほど信用できない奴らなのかも知らないのか、お前？　秘密を話すならきちんと信頼できる冒険者に……」

「だから、したんですけど……」

「は？」

そしてその内心を僕は漏らしていた。

怒りを全面に出していたベリアルさんの顔が固まる。
それに僕は余計な内心を話してしまったことを悟る。
この話の流れだと、さらに説教をされるに違いないと。
「……お前、変な奴だな」
しかし、僕の想像通りにはならなかった。
ベリアルさんは唖然とした顔のまま、それだけ告げて歩き出す。
その姿が初めてのもので、僕も混乱しつつもその背を追う。
僕の後ろにアジャスさんがやってきて口を開く。
「悪いとは言わない。だが、人を無条件に信用するのはやめておけ」
それだけを告げると僕が返事をする前にアジャスさんは去って行ってしまう。
遠くなっていくその背を見ながら、僕は思わず呟いていた。
「別に無条件ではないんだけどな……」
ベリアルさんとアジャスさんなら信頼できる。
僕がそう考えた理由は、無根拠なものではなかった。
確かに二人は理不尽にも思える厳しさで僕と接している。
しかし、その実丁寧に様々なことを教えてくれていることに僕は気づいていた。
匂い袋に、薬草に、獣道。
この森で動くためのイロハを二人はきちんと僕に教え込んでくれていた。

そして何より。

「……ガキ、か」

どれだけ僕を悪く言っても、ベリアルさんは忌み子、そして精霊の蔑称《べっしょう》である呪霊という言葉を使うことはなかった。

ずっと僕が投げかけられてきたはずの蔑称。

本当に僕を蔑《さげす》みたいなら、その聞きなれた言葉を口にすればいい。

なのに、二人は絶対にその言葉だけは僕に使わなかった。

小さく、僕は笑う。

「……蔑む演技が下手だな」

二人は必死に僕を見下すように振る舞っている。

しかし、その実二人とも知らないだろう。

僕がどれだけ虐《しいた》げられて生きてきたか。

その程度でだませるほど、僕は何も知らないわけじゃない。

だから、僕は改めて決意を固める。

「今回の調査は全力で頑張ろう」

この調査で、僕のやることは一つ。

この二人から学べる限りのことを学ぶことだと。

「何してやがる！　はやくついてこい！」

「はい！」

その決意のままに、僕は足を踏み出した。

◇◆◇

「くそ、どうなってやがる……」

それから十数分後、僕達は森の中で小休憩を取っていた。

シロ、ヒナに周りを偵察してもらいながらの休憩ではあるが、決して気を抜くことはできない。

それでも、その小休憩で身体の疲れが少しとれるのを僕は感じる。

……しかし、身体の奥底にはじんわりとした疲労がこびりついたままだった。

「僕達、何体フォレストウルフを倒しました？」

「あ、んなこと分かるわけないだろうが！」

機嫌悪げにそう吐き捨て、けれど自身の双剣に目をおろした後、ベリアルさんは告げた。

「……ただ、五十は超えてんな」

まだ森の中に入って二時間経つかどうか。

その間に遭遇するには異常な数をあげたベリアルさんに、僕は何も反論しなかった。

……その言葉が嘘ではないという確信が僕にはあった。

「何が、起きてるんですか」

「……分かるか」

苦々しく吐き捨てたベリアルさんの顔に浮かぶのは、色濃い疲労。

今回の森の中は明らかに異常だった。

本来、森は奥に進むにつれて魔獣の数が増えていく。

そう、まだ森の奥までの中間程度でこんな数のフォレストウルフに遭遇する訳がないのだ。

「最初に話を聞いた時より、明らかに多いぞ……」

「どうします？　フォレストウルフの少ない場所を選んで奥に行きますか？」

「いや今回は終わりだ」

「え？」

「調査はもう終わりだよ。帰るぞ」

ベリアルさんの言葉に、僕は思わず目を見開く。

「何を言ってるんですか？　調査の予定は森の奥までだって」

「いいか、ガキ。良いことを教えてやる」

そう言って僕の方を向いたベリアルさんは真剣そのものな表情だった。

「調査の最優先事項はなんだか分かるか？」

「……はい。情報を持ち帰ることです」

「そうだ。分かってるじゃねえか」

僕の言葉にベリアルさんは小気味良さそうに笑う。

「じゃ、その為に第一優先すべきことはなんだ？」

「それはもちろん情報を持ち帰ること……」

「違うな」

楽しげな笑みを浮かべながら、ベリアルさんは告げる。

「――最優先は生き残ることだ」

「生き残る、こと……」

「当たり前だろう？　核心の情報を得た所で持ち帰れなければ何の意味もない」

その言葉に僕は自分の思い違いを悟る。

「今無理したら奥までは行ける。しかし、それで確実に帰れる保証はあるか？」

「でも、この森にはCランクまでの魔獣しか……」

「異常が起きていてBランクの魔獣が発生していない、そう断言できるか？」

押し黙った僕に、ベリアルさんはゆっくりと立ち上がった。

「まあ、血気盛んなガキがよく陥るミスだ。だが、絶対に勘違いするなよ、ライバート」

その時見上げたベリアルさんの顔は何故か印象的で、僕は自然と見入っていた。

「冒険者もギルド職員も生き残るのが最優先だ。絶対に無理をするな。……無理して生き残れるのは一握りの英雄だけだ」

一体何があったか僕はベリアルさんに尋ねようとし、しかし、その前にベリアルさんは動き出していた。

「見張り助かった。まあ、そろそろ引き返すぞ。アジャスを起こしてくれ」

そう言って準備を整えだしたベリアルさんに僕は何も言えず、魔力の回復のために仮眠を取っていたアジャスさんを起こす。

「……時間か」

「はい」

「アジャス、もう異常は確認できた。帰るぞ」

その言葉に手早く準備を整えていくアジャスさんから目をそらし、僕の方を見たベリアルさんは告げる。

「言っておくが帰るからと言って油断するなよ。帰り道の方が負傷は多い」

「はい！」

その時、僕は本当に心から返事をしていた。

……しかし、後から考えればあの時、僕の心には間違いなく油断があったのだろう。

「今の所、フォレストウルフはいねえか……。帰り道はできる限り、接敵は少なくするぞ！」

「分かりました！」

一緒にいるのはCランク冒険者。

何があっても頼っていい。

そんな考えが僕の中には存在していた。

「ん？　あれって……」

だから、だろう。

明らかな異常を目にした時、僕は何故か気づかなかった。

「誰かいる！」

そこにいたのは一人の男だった。

衣服も身にまとわない一人の男。

「助けないと……」

次の瞬間、僕は走りだそうとしてベリアルさんに腕を掴まれた。

「馬鹿が……！　いいから逃げるぞ！」

「でも……」

「――この場所に、ただの人間がいるわけないだろうが！」

「っ！」

異常に気づいた僕は、ようやく方向転換する。

……しかし、それはこの場においてあまりにも致命的な時間ロスだった。

「くそ……」

押しつぶした悲鳴が漏れる。

方向転換したその先、そこには後ろにいたはずの男の姿があった。

爛々《らんらん》と光るその目を見ながら、僕は理解する。

この一瞬で逃げ道をつぶされたこと。

……目の前の男は明らかに人間ではないことを。

「走れ！」

そう叫びながら、ベリアルさんは双剣を振りかぶっていた。

その隣には、魔法の準備をするアジャスさんの姿がある。

「シロ！」

その姿にようやく平常心を取り戻した僕は、前に踏み出していた。

「にゃう！」

阿吽《あうん》の呼吸による身体強化の付与と、雷の魔法。

そして、ベリアルさんの双剣、アジャスさんの炎の魔法に僕の剣戟《けんげき》。

同時に四種類の攻撃が男にへと叩き込まれる。

……そしてその全てが無駄だった。

シロの雷撃は男の身体に効果を及ぼさず、ベリアルさんの双剣は受け流され、アジャスさんの魔法は避けられる。

僕の剣は唯一男の身体に当たるが、その攻撃に成果がないことは攻撃の主たる僕が何より理解させられていた。

僕の剣は男の筋肉で完全に受け止められていたのだ。

自分とシロの攻撃は、男にとって避けるのにさえ値しない攻撃、そのことを僕は理解させられる。

次はその考えを改めさせてやる。

そう思いながら僕は剣を抜こうとして。

「え？」

筋肉に挟まれ抜けない剣に気づいた。

爛々と光る男の目が僕を見ている。

全身が粟《あわ》立つ感覚と背骨を走り抜ける怖気《おじけ》。

……圧倒的な死の感覚を前に、僕の行動が数瞬鈍る。

それはこの状況において致命的な隙だった。

「くそがぁあああ！」

そして、その致命的な隙から僕を救ったのは双剣を手にした人影だった。

僕の代わりに、その人影へと男の手が振り下ろされる。

いつの間にか、毛だらけになり鋭い爪が生えた腕が。

「……がっ！」

そして、強引に僕を庇ってくれたその人、ベリアルさんがその攻撃に耐えられる訳がなかった。

衝突音が響き、ベリアルさんが勢いよく後ろに吹っ飛んでいく。

ベリアルさんの消えた方向へと僕は追いかけようとして、けれどそれは無理だった。

……相も変わらず僕を熱く見つめる男の目が、それを許さなかった。

いや、もうそれを男と言うことはできないだろう。

何せ、そこにいる魔獣からは人間の姿をしていた頃の名残がどんどんとはがれ落ちているのだから。

はちきれそうな筋肉に覆われた身体に、それを覆い尽くす剛毛。

さらには鋭い牙、爪にに同じく毛に覆われた顔。

その顔はこの森に入ってからよく見たフォレストウルフによく似ていた。

その魔獣の存在を、僕は知っていた。

「……ウェアウルフ」

それは人間の姿に擬態する最悪な魔獣にして、狼の魔獣の上位種とされる存在。

Bランク魔獣、ウェアウルフ。

……僕達Cランク程度の実力では逆立ちをしても勝てない存在がそこにはいた。

「ガアァアアアア！」

「クロぉおおお！」

雄叫びが響く。

次の瞬間には、僕がベリアルさんに気を使う余裕はなくなっていた。

「っ！　こいつ……！」

爪、牙、身体強化してもなお、僕を圧倒してくる筋力。

その全てが僕一人に向けられていた。

「にゃう！」

何とか呼び出したクロと、シロの魔法を全てウェアウルフの目と鼻に集中させる。
それによって鈍ったウェアウルフの攻撃を、付与された身体強化で必死にしのぐ。
……しかし、そこまでして僕は死ぬまでの時間を稼ぐことしかできなかった。
「ぐっ！」
どんどんと避けきれなかった攻撃が僕に擦り傷を作っていく。
永遠にも感じる最悪の時間の中、僕は理解してしまう。
たった一回のミス。
それだけで僕は命を落とす。
目の前のウェアウルフは支部長と同じ存在。
……僕より圧倒的に強い存在だ。
だが、何より怖いのはその攻撃ではなかった。
僕の心を恐怖で締め付ける何よりの理由。
それはどこまでも冷徹な思考を窺《うかが》わせるウェアウルフの目だった。
「く、そ」
その目が何より僕に問いかけていた。
後何回攻撃すれば、お前はミスをする？　と。
……そしてその問いに答えるように、僕の足がもつれた。
斬撃が弱まり、ウェアウルフの攻撃を不完全にしか弾けない。

勝利を確信したウェアウルフの顔は笑っていた。
狼のような顔をゆがめ、人間のように笑っていた。
その爪が断頭台のように僕の首へとおろされる。
「にゃうっ！」
「ヌシ！」
咄嗟にシロとクロが魔法で補助してくれるが焼け石に水。
もう切り札を切る以外の選択肢はない。
そう決断してからの僕の判断は速かった。
「クロ！」
瞬間、世界がゆっくりと動き出す。
それは新しい付与が僕の身体に与えられた証。
クロの思考加速が周囲の世界を遅延させる。
その付与が僕に猶予を与えた。
本来絶対に避けられないタイミングで振り下ろされたウェアウルフの爪。
それを僕は最小限の動きだけで避けてみせる。
その僕の動きにウェアウルフが獰猛に笑う。
……僕の悪足掻きはそこで終わった。
身体に訪れる虚脱感に、僕は二重付与の効果時間が切れたことを理解する。

身体強化がない僕には、もうウェアウルフの攻撃に対応することはできない。

「ライバート、よくやった」

いつになくはっきりとアジャスさんの声が聞こえたのはその時だった。

「おかげでこれをやれる。——複合魔法炎・風」

「……っ！」

「キャン！」

次の瞬間、僕の目の前を支配したのは炎の竜巻だった。

それにウェアウルフがフォレストウルフのような鳴き声をあげる。

その光景を見ながら、僕の頭にかつて一度聞いたことのある情報が蘇る。

複数の属性の魔力を合わせた魔法であり、込めた魔力によって攻撃が変化するという高等魔法。

複合魔法の存在について。

「やった……」

何とか、有効打を叩き込めた。

安堵から僕の膝が崩れそうになる。

「嘘、だ」

……しかし、その安堵はすぐに僕の中で絶望に変わった。

炎の竜巻。

僕が初めて見た高威力の魔法、その炎に包まれてなお、皮膚をただれさせながらウェアウルフはゆっくりと動いていた。

僕達の方、より具体的にはアジャスさんの方へと。

確かに、この魔法はウェアウルフに対して有効打だった。

しかし、それだけ。

致命的なダメージを与えるほどの攻撃ではなかった。

「……っ！」

同時に、苦痛にゆがんだアジャスさんの顔から限界が近いことも僕は悟ってしまう。

永遠にも感じる数秒の中、アジャスさんの魔法が消える。

「ガーッ、ガーッ！」

炎の竜巻が消えた後、そこから出てきたのは明らかにおかしな呼吸をするウェアウルフ。

その身体には大きな火傷が刻まれている。

しかし、その目は爛々と輝いており、その目が語っていた。

まだ勝負は決まっていない、これからだと。

「嘘、だ」

呆然とした声が僕の口から漏れる。

聞いたことはある。

Bランクとは街を複数滅ぼすとさえ言われる存在。

だが、上位冒険者たるCランク冒険者の切り札さえ通じないのか。

しかし、そんな僕と対照的に攻撃の主たるアジャスさんは一切動じていなかった。

懐から何かを取り出し、ウェアウルフへと投げつける。

その鼻先へと。

「クソ狼が」

「ギャンッ！」

聞いたことのないような声を上げ、ウェアウルフがのけぞった。

想像もしない光景に、僕は目を見開く。

「何をしている！　全力で走れ！」

「は、はい！」

しかし、ベリアルさんを担いだアジャスさんの声で、僕はようやく使えるようになった身体強化を使って走り出す。

……今にもウェアウルフが追いかけてくるのではないかという恐怖に怯えながら。

◇◆◇

それから十数分後、僕達は鬱蒼《うっそう》とした森の中で息を潜めていた。

ここは先程より黒の森の奥になる場所。

ひとまず危険は脱した。

しかしまたいつ、敵と遭遇するかも分からない緊張感が僕達の間に漂っていた。

「どうだ、ライバート。匂い袋の威力は分かったか」

走っている中、目をさましたベリアルさんがことさら明るく口を開いた。

その顔には悪戯ぽい笑みが浮かんでいて、僕は思い出す。

「そっか、先程アジャスさんが投げたのは……」

「そうだ。あれが匂い袋だ」

「寝ていた奴が手柄を取るな」

「少しくらいいいだろうが」

淡々としたアジャスさんの言葉に、ベリアルさんがふてくされた様子で口をつぐむ。

そんな相棒を気にすることなく、アジャスさんは続ける。

「まあ、臭い袋のおかげでしばらくは平穏だろう。ウェアウルフの鼻も、少しの間我々を探知できまい」

「しばしの暇《いとま》、ってとこだな」

ことさら明るくそう締めるベリアルさん。

……その様子が僕を落ち込ませないための振る舞いであることに、僕は気づいていた。

いや、それだけではない。

今回の件において、自分が足手まといだったことに、僕はとうに気づいていた。

「ライバート、お前のおかげで逃げられた、ありがとな」

「……っ！」

だから、僕はそのベリアルさんのお礼の言葉が信じられなかった。

目を見開く。

そんな僕にベリアルさんが笑って告げる。

「あの場で意識を失って逃げられるとは思ってなかったぜ」

「そうだ。お前はもっと感謝しろ」

「分かってるよ……」

「違い、ますよね」

ことさら楽しげに談笑していたベリアルさんとアジャスさんの会話が止まる。

二人の視線が自分に集まるのを感じながら、僕は口を開いた。

「僕の反応が遅れたせいで、ベリアルさんが攻撃を。違う、そもそももっと早くに逃げられていたらこんなことに……」

「ライバート、違うぞ」

「っ！」

その時、響いたベリアルさんの言葉は今までで一番真剣な声だった。

「あれは、そもそも手遅れだ。それに庇ったのも、俺がいけると判断して、失敗しただけだ」

「ベテラン失格だな」

「うるせ！　まあ、さらに断言しておくなら俺はウェアウルフに複合魔法が使えるまで時間を稼ぐなんてできないぞ」

「魔法を叩きこめていなければ、匂い袋はよけられていた」

……その言葉を聞きながら、僕はじんわりと胸に温かい何かが広がっていくのを感じていた。

「でも、僕は」

「ここは若手らしく誇っておけよ。そうじゃないと気絶したベテランの立つ瀬がねえだろ？」

「……はい」

その僕の返事に、ベリアルさんがかすかに笑う。

しかし、すぐにその顔を真剣なものにして口を開いた。

「で、今からはウェアウルフへの対処だ。一応聞くが、ライバートの言っていた〝ふよ〟、とかにはこの状況を打開できるものはないよな？」

ベリアルさんの言葉に僕は自分の持つ付与へと思いを馳せる。

ヒナの治癒、シロの身体強化、クロの思考加速。

しかし、そのどれでもウェアウルフとの勝負を打開することはできないだろう。

故に僕は最後の精霊、アオによる付与を思い描く。

「……すいません。ないです」

そして、すぐに僕はそう断言した。

最後の精霊は無言だが、一番精霊の中で落ち着いていて、頼りになる精霊だ。

しかしその一方、その付与は僕が扱えないものだった。

「そうか」

その僕の報告を聞いて、何故かベリアルさんは笑った。

「それなら今からはベテランの仕事だな」

「そうだな」

僕は嫌な予感を覚えた。

「何を、言ってるんですか？」

「ライバート、お前に命令だ。ウェアウルフについてバルクさんに報告しろ」

「え？」

命令、その言葉の真意に僕は気づいてしまう。

……すなわち、ベリアルさんは僕に逃げろと言っていることを。

「ウェアウルフに対処できるのはあの人だけだ。だからすぐにでも……」

「待って下さい！　お二人はどうするんですか？」

その問いに、ベリアルさんもアジャスさんもただ笑った。

「……ライバート知っているか？　ウェアウルフの特性を」

「何を」

「いいから覚えている限り口にしてみろ」

突然のことに不信感を覚えながらも、その言葉に従って僕は口を開く。

「人間に擬態する魔獣。血のにおいをどこまでも追ってくる執拗《しつよう》さを持つ。……っ！」

ベリアルさんの足、そこから滴る赤い液体に僕が気づいたのはその時だった。

「気づいたか？　ドジをしてしまったから、どうせ俺は逃げられん。それにバルクさんが来るまで時間稼ぎをする人間が必要だ」

そう自嘲《じちょう》するように告げたベリアルさん。

しかし、僕は知っていた。

……ベリアルさんが傷を負うとすれば、それは僕を庇ったあの瞬間だけだということに。

「僕のせいで」

「ライバート、その話は前に終わった。そうだろう？」

僕の言葉を、ベリアルさんが許すことはなかった。

「いいから行けよ。俺は勘違いしたガキが嫌いなんだ。顔が見れなくなったらせいせいするぜ」

「僕は……」

それでも僕は動けなかった。

そんな僕にベリアルさんは笑って口を開いた。

「俺はガキがガキのままでいるのが嫌いだ。勘違いしたところも嫌いだ。何もできないくせに、何でもできるような顔をしていることがな。それに生意気なのも嫌いだ。義理の通し方も何も知っちゃいない」

それは紛れもない悪口だった。

けれど、ベリアルさんの言葉はどこまでも優しかった。

「だが、俺にはそれ以上に嫌いなガキがいる。どんなガキか分かるか？」

「……いいえ」

「勘違いして、敵を作って、いや、たとえ作らなかったとしても。……すぐに死ぬガキだけは俺は大嫌いだ」

気づけば、ベリアルさんの拳は固く握りしめられていた。

「ガキは大人にならないといけないんだよ。ガキの頃の自分を馬鹿だったと笑える大人に。だから、言うことを聞いてくれ」

今になって僕は理解していた。

支部長が、ベリアルさんとアジャスさんに僕の監督をお願いした理由が。

「ライバート、お前には才能がある。だから逃げてくれ。この中でお前が一番未来があるんだ。だから……」

心からの真剣な表情でベリアルさんは告げる。


「……俺が一番嫌いなガキにだけはならないでくれ」


その時、僕の中で覚悟が決まった。

それはずっと頭の中にあって、けれどずっと決意の決まらなかった選択。

もう僕には躊躇はなかった。

「ベリアルさん、ごめんなさい」

「ライバート？」

「僕は忌み子だ。生きている価値なんてないって思い続けてきた。でも、最近思うんです。そんなことないいんじゃかないいって思うんです。そう思わせてくれる人が周りにいてくれるんです」

次の瞬間、僕は笑顔で自分の剣を抜きはなった。

「──だから僕はその人達の為に命を懸けます」

「なっ！」

ベリアルさんが咄嗟に剣の刃へと手を伸ばし、離れていたアジャスさんが全力で僕へと手を伸ばす。

しかし、遅かった。

僕のわき腹に刃は入っていた。

「いっ」

鋭い痛みが脳髄を焼く。

致命的な傷にならないよう計算した行動だったが、思ったより深く傷つけてしまったらしい。

だが、今は好都合だった。

痛みを笑みの下に覆い隠し、僕は笑う。

「これで僕の方にウェアウルフは来ますね」

「ライバートお前……」

「そもそも、時間稼ぎは僕の方が向いています。お二人の方こそ、支部長を呼んできて下さい」

その言葉に、ベリアルさんの顔に怒りが浮かぶ。

怒りのままに何かを言おうとして。


「ガァアアアア！」

その時、すべてを踏みつぶす、怒りの雄叫びが響いた。

一瞬、全員の動きが止まる。

その時には全員理解していた。

……もうすぐあいつがくる、と。

それでもその目に怒りを宿し、ベリアルさんは僕の方へと足を踏み出す。

「ライバート、お前……！」

「ベリアル！」

しかし、アジャスさんがそれを許さなかった。

ベリアルさんに劣らない怒りをその目に宿しながら、それでも冷静に判断したアジャスさんはベリアルさんの身体をつかむ。

「離せ、アジャス！」

「状況を理解しろ！　……もう、あの馬鹿の言う通りにするしかないだろうが！」

「くそ……！」

その言葉に、一瞬ベリアルさんの力が弱まる。

それを見逃さず、アジャスさんはベリアルさんを引っ張っていく。

「くそ、てめえなんて嫌いだ！　絶対に許さねえ！」

ベリアルさんの叫びは怒声なのに、含まれているのは悲痛な感情だった。

それを感じながら、僕は思う。

……どうして今、あの星空を思い出すのだろうか、と。

しかし、不思議と僕の心は落ち着いていた。

だから、ゆっくりと笑う。

アジャスさんが何かを投げたのはその時だった。

「いたっ！」

「おい、クソガキ」

そう僕に告げるアジャスさんの声はベリアルさんよりずっと落ち着いていた。

けれど、ベリアルさんより濃密な怒気が込められている気がして、僕は思わず息をのむ。

「全部サーシャに言うからな」

「……っ⁉」

的確に急所をつかれ絶句する僕に、鼻で笑いながらベリアルさんは続ける。

「泣くぞ、あいつ。……だから、絶対に帰ってこい」

それだけを告げると、ベリアルさんは背を向けて走り出す。

最後に、未だ抵抗しながらベリアルさんが叫ぶ。

「絶対に殺してやるからな、ライバート！　――だから、絶対に死ぬんじゃねぇぞ！」

その言葉を最後に、ベリアルさんの声は遠いものになる。

その背中を見つめながら、ようやく僕は投げられたものが何であるのかに気づくことになった。

「匂い袋……」

その数は五個。

決して小さくないその袋の数を考えれば、もうアジャスさんが持っている数は多くないだろう。

「人に怒れるようなことしてないじゃないか」

そう言いながら、けれど僕は笑っていた。

「……サーシャさんを泣かせるのは嫌だな」

気づけば、どんどんと嫌な気配が膨れ上がっていた。

おそらく、相当近くにいるに違いない。

そう理解して、僕はゆっくりと剣を抜いた。

「帰らないと」

次の瞬間、僕は精霊を召喚する。

シロ、クロ。

「にゃう！」

「セイレイヅカイ　ガ　アライ」

そしてもう一人、蛇のような細長い身体にドラゴンのような顔を持つ精霊、アオを。

「不満げな顔をしないでくれよ、アオ」

その精霊は僕の召喚できる四体のうちで、一番無口で内心の分からない存在だった。

クロからの話でも分かっているのは、一番最年長であることぐらい。

その付与も僕の扱いやすいものではなく、一番召喚しない精霊と言ってよかった。

ただ、アオの魔法は四体の中で一番で、その判断力はクロ以上のもの。

何より、アオは面倒見がよくどうしようもなく優しい精霊であることを僕は知っていた。

「君が僕を好きじゃないのは知ってる。でも、助けたい人がいるんだ。……だから、今回は無理につきあってくれないか？」

その僕の問いかけに、アオの答えはなかった。

かわりに、アオは無言で魔法を発動する。

ウェアウルフが向かってくるだろう方面に、地面をぬかるませる罠をはる魔法を。

「ありがとう。お礼はする」

そう言いながら、僕は作業に当たってくれるクロ、やる気満々のシロへと目を向ける。

「クロはそのまま進行方向の整備をお願い。シロは警戒しておいて」

そう言いながら、僕は目を閉じ今まで来た道を思い出す。

この黒の森は僕にとって土地勘はない場所だ。

しかし、道中ベリアルさんとアジャスさんに叩き込まれたことで僕の計画に必要な程度には道は分かる。

それを確認し、僕は笑う。

「さて、はじめようか」

ずっと頭にはあの星空がある。

僕の無力の証が。

しかし今、少しだけそれが薄まっている気がした。

忌み子として捨てられた召喚士、実は世界最強

第六章 ◆ 逃避行 ―― Episode 6 ◆

揺れる地面と、何者かの荒い息づかい。

「……来たか」

ウェアウルフが僕の所まで来たのはすぐだった。

気配が近づくごとに、僕の心臓が高鳴る。

思い出すのは支部長と戦った時。

支部長も僕にとっては格上の存在だった。

しかし、今はあの時とは違う。

……負けたら待っているのは死。

それを覚悟した上で、圧倒的に格上の魔獣と今から命懸けで戦わなければならないのだから。

もし、ベリアルさんの方に魔獣が行ったら。

先程まで胸にあったそんな考えも今は脳裏の片隅にあるだけ。

その代わり、恐怖が僕の胸に集っていく。

「作戦は成功だ。僕の方にきちんとウェアウルフは来たな」

けれど、僕は笑った。

笑えてしまった。

「オーガと比べても、暗殺者と比べても格上の存在。分かっているんだけどな」

そうだ。

分かっている。

自分の行いが間違っていることくらい。

「忌み子じゃないと証明するために戦っていた時、あんなにも苦しかったのに」

気づけば、すぐ側まで息づかいが聞こえる。

もうすぐに戦いが始まるだろう。

「にゃう……！」

「ぴい……！」

シロ、ヒナ、アオが臨戦態勢になり、緊張感が圧倒的に高まる。

僕達の視線の先にあるのは、荒い息づかいが聞こえてくる茂みの向こう。

その圧倒的な緊張感の中、僕はウェアウルフを獰猛に笑って待つ。

「——忌み子と見ない人のためなら、命を懸けるのも楽しい」

気づけばもう、ウェアウルフは目前まで迫っていた。

それを迎える僕に、気負いはなかった。

早く来い、ウェアウルフと僕は無邪気に足を前に踏み出す。

次の瞬間、目の前で圧倒的な殺気が膨らみ。

「ガァアアア」

「らぁあああ！」

茂みから姿を現したウェアウルフの爪と、僕の剣が甲高い音を立てて交差する。

……それが命懸けの逃避行の始まりだった。

「くそ！」

不意打ちをねらったつもりの一撃を受け止められたその瞬間、僕は全力で後ろに飛んでいた。

そんな僕にウェアウルフはどんどんと攻撃を放ってくる。

一撃でも当たれば、即僕が再起不能になりかねない攻撃を。

「くっ！」

ベリアルさんもアジャスさんもいない今、僕にはそれを必死に避け、受け流すので精一杯だった。

僕は後ろに下がりながら、攻撃を避けていく。

あの二人がいないことのデメリットは攻撃の手数が足りないだけではなく、いざという時のサポートがいないこと。

すなわち、今度二重付与を使えば僕を助けてくれる人間はいない。

……そして、そんな僕にウェアウルフを抑えるのは無理だった。

普通に考えれば不利きわまりない状況で、僕はウェアウルフへと叫ぶ。

「知ってるか！　僕は器用貧乏なんだよ！」

「ガァアア！　ッ！」

ウェアウルフが僕の想定していたその場所に足を踏み入れた。

直後、ウェアウルフの足場が沈む。

「……！」

「にゃう！」

今まで魔力をためていたシロ、アオの魔法がウェアウルフへと叩き込まれた。

もちろん、いくら最大威力の魔法を発動したとしても、精霊達ではアジャスさんのような威力の魔法は起こせない。

それでも、目くらましにはなる。

そして、その目くらましがあれば十分だった。

「おかわりだ」

次の瞬間、僕が投擲《とうてき》したのはアジャスさんから渡された匂い袋だった。

戦闘衝動にだけ支配されていたウェアウルフの目に、初めて絶望的な表情が浮かぶ。

「ギャン……！」

ウェアウルフの絶望の叫びを後目に、僕は走り出していた。

「ぴぃ！」

そんな僕をヒナがテレパシーでナビゲートする。

僕のための逃走ルート。

——すなわち、クロが罠を張った逃げ場、とその罠のありかを。

先程の落とし穴。

それこそ、クロの作った罠だった。

そう、僕は本当に自分が犠牲になる気などなかった。

むしろ、その逆。

僕は自分ならウェアウルフから逃げ続け、時間を稼げると判断したからこそ、今この場にいた。

その勝機こそ、今の逃避行だ。

確かに、僕がウェアウルフと真っ正面から戦っても勝算はない。

しかし、時間稼ぎという一点だけであれば、僕には確信があった。

今、僕はウェアウルフに勝つ必要などないのだ。

必要なのは支部長に連絡がいくその時まで逃げ続けること。

逃げ続けることであれば僕にもできる。

……いやそれは、精霊という力強い味方がいる、忌み子の僕にしかできないことだ。

「ガアアア」

奮い立たせた僕の心を折るように、雄叫びが響きわたった。

咄嗟に横目で確認した僕の目に、鼻を両手で庇い地面にうずくまったウェアウルフの姿が目に入る。

鼻をかきむしるその姿は決してノーダメージには見えない。

間違いなく、ウェアウルフはすぐには動けない。

ただ、最初に匂い袋を食らった時とは違ってそのダメージは明らかに小さかった。

「……もう、対処してくるのか」

その姿に、僕の口から苦々しい声が漏れる。

確かに、高ランクの魔獣の中には知能が高い個体がいると聞いたことはある。

Bランクの魔獣と同じ力を有すると言われる魔人に至っては、その知能は人類と変わりはしない。

しかし、ここまでの存在であるとは。

そう思いながら、それでも僕は笑う。

忌み子であってよかったと。

「頼むよ、皆」

この恐怖に耐えられるのは周囲に精霊がいるから。

この子達が最後まで僕の側にいてくれるなら、僕は戦える。

「にゃう！」

いつも通り元気なシロの声にそのことを確信し……命懸けの逃避行が再開した。

◇◆◇

「シロ！」

必死の叫びが僕の口から出る。

「にゃう！」

その僕の声に反応するように、シロからの付与が少し強まる。

それによって与えられる僕への身体強化の強まりは決して大きくはない。

本当に微増、しかも一瞬の強化。

それが僕の命を救う。

「ガアアアアァアアアア」

殺意を隠す気もないウェアウルフの一撃が僕をかすめ、隣にあった大木をへし折る。

「っ！」

かすったというには深すぎる傷に顔をしかめながら僕は思う。

……直撃したら、僕の原形は残っているのだろうか。

そんなことを考えている間にも、ウェアウルフは僕の方へと向き直る。

背筋に圧倒的な悪寒が走る。

頭に浮かぶのは、次はよけられないという予感。

「ヌシ！」

「……！」

クロ、アオの魔法が完成したのはその時だった。

「ガア！」

元々クロが設置していた落とし穴が拡張され、その上にアオの魔法が発動する。

結果、ウェアウルフの足下にできたのは沼。

ウェアウルフの足首までが沼になり、深くなった落とし穴へと誘う。

……しかし、ウェアウルフが落とし穴にはまることはなかった。

その前にウェアウルフは易々と跳躍していた。

巨体から考えられないほどのバネで沼を脱したウェアウルフの爪が狙うのは僕。

それを確認し、僕は覚悟を決めた。

次の瞬間、僕は匂い袋を振り上げた。

そんな僕に対してウェアウルフの顔に浮かぶのは余裕の表情。

それを投げつけられても対処してやる、と言いたげな。

実際、先程投げた匂い袋は発動するまでに避けられてしまった。

「く、そが」

だから、僕が匂い袋で狙った先は自分の足下だった。

「ッ！」

次の瞬間、圧倒的な臭気が僕の周りを覆う。

「あぐっ！」

あまりの臭さに涙で周囲が見えなくなる。

「ギャンッ！」

しかし、そんな僕よりウェアウルフの反応は過激だった。

鼻がとれるのではないか、そう思えるほどに鼻をかきむしる。

そしてそれはようやく僕が手にした隙だった。

ウェアウルフと同じように目を、鼻をかきむしりながら僕はそれでも走り出す。

「は、は、は」

少しでもウェアウルフと距離を稼ごうと走る僕にもう余裕はなかった。

あるのは、生に必死にしがみつく衝動。

しかし、それでも必死に頭を僕は働かせる。

「どれだけ、経った……？」

逃避行が始まってから一体どれだけの時間が経ったのか。

それを僕はもう覚えていない。

ただ、必死にあがき、匂い袋を投げつけ森の出口へと僕は走っていた。

罠を見抜き、引き離してもどんどん早く距離を詰めてきて匂い袋の対処も見つけつつあるウェアウルフ。

その相手をしながら、逃げ回る僕に時間を正確に把握する余裕などありはしなかった。

ついでに言えば、今の僕にはもう土地勘などありはしない。

ヒナがいなければ、とうの昔に僕は迷っていただろう。

そんな状況の中、必死に逃げてきた僕は傷だらけで、ただ一つだけ確信があった。

「……少なくとも、多少の時間は稼いだはずだ」

道はもう分からない。

ただ、見覚えのある箇所を少しだけよぎりつつあることに僕は気づいていた。

おそらく、もうギルドは遠くない。

それを考えれば、僕は相当逃げていたのだろう。

時間稼ぎとすれば、相当働いている。

「……匂い袋は後一つ」

もう僕は満身創痍で、物資も罠もほとんどない。

しかし、今のままであれば助けにきてもらうことも決して不可能な話ではない。

そう考えて、僕はかすかに笑う。

「僕も大人になったってことか」

確かに僕は命を懸けるような危険な行いをしたという自覚はある。

けれど、僕は勝率が一切ない賭けに挑んだつもりなどなかった。

僕にはきちんと勝算があった。

僕であれば、きちんと時間を稼げるという確信が。

「もう少し、もう少しで……」

そう言いながら、僕は上を飛ぶヒナへと目を向ける。

ヒナには冒険者の姿を見れば、すぐに報告するように言っている。

その報告があれば。

支部長が来てくれさえすれば、僕は生き延びられる。

その希望に、僕の胸が躍る。

しかし、それを僕は必死に抑え込む。

「魔力の残量は残り少し……。ヒナに傷を治して欲しいし、クロの思考強化も欲しいし、アオの強化もお願いしたい」

傷だらけで、ウェアウルフと相対すれば数秒しか戦えず、精霊四体同時出現を維持できる魔力がいつまで残っているかも分からない。

油断してはいけない。

そう僕は心を引き締めて前へと踏み出す。

……けれど、必死に自分を縛ろうとしても、僕は希望を見て緩んでいたらしい。

「は？」

その事実に僕はすぐに気づくことになった。

想像しうる限り最悪の形——木々からのぞくギルドの屋根を視認してしまったことで。

それを見ながら、僕は悟る。

想像以上に自分は逃げてきたことを。

ギルドのすぐ近くまで僕は来ているのだから。

「嘘、だ」

しかし、そんなことあっていいわけがなかった。

「支部長、は」

……何故なら、僕はまだ最強の援軍と合流していないのだから。

最悪の事実に僕の頭に複数の可能性が宿る。

希望と、願望。

そして最悪の可能性が。

「ちょっと待て、冷静に」

必死に僕は自分を落ち着かせようとする。

だが、それが許されることは無かった。

響いてきた足音、隠す気なんてない怒気。

肌に慣れたその気配が近づいていることを僕は理解してしまって。

「く、そ……！」

思考の時間さえ許さないウェアウルフに僕の口から、罵倒が漏れる。

時間がない。

そんな中、僕は決断しなければいけなかった。

すなわち、ギルドに逃げるか、ここでウェアウルフを迎え撃つかを。

分かっている。

僕がここで立ち向かっていたとしても、意味などはないことを。
僕はほとんど時間も稼げず、ウェアウルフに蹂躙されるだろう。
それを考えれば、ギルドに逃げ込んだ方が勝率はある。
何せ、あそこには冒険者がいるし、普段は支部長という最強の存在がいる。
変な意地を張らずに、逃げ込むのが普段であれば正解だ。
けれど、僕は気づいてしまっていた。
……今、ギルドに支部長がいない可能性に。
僕を助けるためにアジャスさん、ベリアルさんが向けてきた表情。
それを僕は今でも覚えている。
あの二人は今、必死で僕を助けに来てくれているだろう。
そして、そんな二人が、支部長が今もギルドにいるなんてことがあるのか？
ないとは言わない。
けれど、僕にはもっと大きな可能性があることに気づいていた。
——すなわち、僕と支部長達援軍が行き違った可能性が。
これは完全に僕のミスだった。
僕はベリアルさん、アジャスさんに黒の森の歩き方を教えてもらっている。
それを考えれば、二人はその道から森に入るだろう。
けれど僕はその道を見つけ帰ることができなかった。

その結果、僕が支部長達と会わずにギルドに戻っていたとすれば。

「……ウェアウルフに対処できる人間がギルドにはいない？」

背筋に悪寒が走る。

それは最悪の想像だった。

そうなれば、僕はギルドに逃げ込むことはできない。

何せ、ウェアウルフはＢランクの魔獣。

Ｃランク冒険者以下では、そもそも戦力にならない。

そんな化け物を、戦力がどれだけいるかも分からないギルドに持ち込んでいいのか？

「ガアアアアアアアアア！」

「……っ⁉」

僕の冷静な思考が働いていたのは、その雄叫びを聞く瞬間までだった。

今までの余裕が嘘のように、僕の胸に恐怖が宿る。

先程までの希望はまるで今、僕の心を奮い立たせてはくれなかった。

いや、先程の希望があったからこそ僕は今、恐怖を抑えることができなかった。

「でも、今なら……」

がたがたと震える中、僕の中に悪魔のささやきが浮かぶ。

ここで逃げても、誰も僕を非難しないと。

「まだ、ギルドで戦う備えがとれる……」

いや、そもそも支部長がいないなんてまだ決まっていないのだ。

支部長がギルドにいると思ったと言えば、誰が僕を責められる？

本当に支部長がギルドにいるかもしれないではないか。

そうだ。

逃げこんでしまえばいい。

誰もそれを責めなんかしない。

「本当にどうしてなんだろうな」

そこまで考えて僕は笑う。

ずっと、頭には逃げるための考えが頭に浮かんでいる。

だが、それだけ。

僕の中で、答えはもう決まっていた。

「こんなに怖いし、逃げたいのに。――逃げる気が一切ないのは」

ゆっくりと剣を手に取る。

「皆ごめんね、苦労をかける」

「ぴぃ！」

もうナビゲートの心配がなく、降りてきたヒナが悲痛な声を上げる。

考え直すように、と言いたげに。

それに僕は思う。

……僕が死んだら精霊達が死ぬのであれば、こんな風に覚悟を決められなかっただろうと。

僕だけが命を賭ける状況で僕は止まれない。

それが何より精霊達を傷つけると知りながら。

「ごめんね」

――貴方の家族は強くて尊敬できる、素敵な精霊達なのね。

それでも、僕には救いたい人がいて。

――おにい死なないで！

自分よりも力がなくて、それでも勇敢な人を知ってしまっているから。

「……サーシャさんとアズリアにきちんとお礼を言いたかったな」

もう、足音はすぐ近くまで迫っていた。

僕への憎悪を隠さない雄叫びが、聞こえる。

その声を聞くだけで、僕の中に恐怖が宿る。

僕はもう理解してしまっているのだ。

僕はこれから来る敵に勝てないと。

しかし、その恐怖以上に僕の頭に浮かぶのはあくる日の星空だった。

それは僕の失敗と挫折の象徴。

涙で滲み、ただまぶしさを感じることしかできなかった光景。

けれど今、僕は純粋な気持ちでその思い出に浸ることができた。

「この星空をこんな安らかな気持ちで見られるようになったんだ」

その星空に僕は笑う。

不思議と、もう目前まで来た足音が僕は怖くなかった。

「もう満足だ」

次の瞬間、僕の目前の茂みが盛り上がる。

そしてあふれ出す、圧倒的な殺気。

シロ、クロ、ヒナ、アオの魔法がそこに叩き込まれ。

「ガアアアアアア！」

「うらあああああ！」

その中心へと、僕は剣を振り下ろした……。

◇◆◇

それ、にウェアウルフが抱いた感情を端的に説明するならいらだちだろう。

それ、は決して強くはなかった。

三人の人間がいた中で、それの攻撃がウェアウルフの毛皮を貫くこともなかったのだから。

一番厄介だったのは太刀を使う冒険者の魔法。

あの魔法は脅威だった。

その攻撃だけが唯一、自身を殺し得る傷を与えることをウェアウルフは知っていた。

……しかし、一番ウェアウルフが殺意を抱いたのは、精霊を操る白髪の少年だった。

容易くその獲物を殺し、後の二人を追いかけるつもりだった。

実際、その身体能力は明らかにほかの二人に後れを取っていた。

けれど、それは想像もしない力を使ってきた。

それの周囲で攻撃する精霊達に、何故か治っていく傷。

あげくには、どれだけ必死に追いかけても捕まらない逃げ足。

絶対に自分の方が足が速いにもかかわらず捕まらないその姿に、何度怒りを抱いたことか。

その姿に、さすがに認識を変えずにはいられなかった。

すなわち、この小さな敵は決して油断していい存在ではないと。

「ガアアアア」

——ただ、それは逃げ足においてだけの話だった。

「がっ！」

受け止め損ねた攻撃に、小さな敵が吹き飛んでいく。

圧倒的な快感を覚えながら、ウェアウルフは笑う。

そう、この時を待っていたと。

倒れた敵へと、さらにウェアウルフは腕を振り落とす。

「っ！」

咄嗟に敵が反応するが、意味はなかった。

何とか取った防御ごと、ウェアウルフはその敵を叩き潰す。

「ガア」

圧倒的な快感に酔いしれながらも、ウェアウルフは思わずにはいられなかった。

このこざかしい小さな敵はどうして勘違いしてしまったのだろう、と。

ずっと逃げていればよかったのだ。

そうすれば、ウェアウルフがこの敵を倒すのにもっと時間がかかっただろう。

しかし、この敵は愚かにも勘違いしたのだ。

今、自分はウェアウルフと渡り合っていると。

そのツケが、今のありさまだった。

「ガアアアア！」

精霊達から放たれる魔法を無視し、さらなる攻撃を小さな敵へと叩き込む。

「くっ！」

それを、その小さな敵は何とか避ける。

だが、それが限界だった。

崩れた小さな敵の体勢にお互いが理解していた。

次のウェアウルフの攻撃は避けられないと。

「ガアアァアアア」

それを確信し、ウェアウルフは爪を放つ。
それこそ、竜の身体に傷を作れそうな一撃を。
「っ！」
……その時、小さな敵の動きが変わった。
今までではあり得ない反応。
「――――！」
同時に、ウェアウルフの足下がぬかるむ。
その攻撃の主は、一番強力な魔法を使う青い蛇か。
ウェアウルフにできた隙を、小さな敵は見逃さなかった。
異常な反応速度のまま、小さな敵が剣を振るう。
その状況の中、ウェアウルフは冷静そのものだった。
「ガアア」
……何故なら、ウェアウルフは一度その動きを見ていた。
そして、知っていた。
この反応が一時的でしかないこと。
それどころか、この技のあと小さな敵の動きが鈍ることまで。
その想像通り、小さな敵の剣は途中で失速する。
それをウェアウルフが見逃すわけがなかった。

「ガアアアアアアアアア！」

次の瞬間、その剣を無視したウェアウルフの攻撃が小さな敵へと叩き込まれた。

咄嗟に小さな敵が剣の方向を変え、爪に叩きつけたのが見える。

しかし、そんなもの何の意味もなかった。

「がっ……！」

そんなもので爪の勢いが止まるわけがなかったのだから。

勢いよく、小さな敵が吹き飛んでいく。

その身体が大木に当たり止まるのを確認した後、ウェアウルフは空へと勝利の雄叫びをあげた。

「ガァアァアアアアアア！」

ただ、爽快だった。

ずっといらだちをためてきた敵の撃破。

それがこんなにも心躍ることだとは。

思い出すのはあの異臭。

何度もぶつけられたことで、鼻がまだ痛いほどだ。

しかし、その鬱憤《うっぷん》を今、晴らせる。

その期待に胸を躍らせ、ウェアウルフはまだ意識だけは残っている小さな敵の方へと歩いていく。

「ぴぃ！」

赤い鳥の精霊が小さな敵の周りで騒いでいる。

その敵はもうぼろぼろだった。

かろうじて致命傷にはなっていないが、もう動くことはできないだろう。

そう理解し、ウェアウルフはあえてゆっくりと小さな敵に近づいていく。

小さな敵が恐怖を募らせていくように。

そのウェアウルフの頭の中、浮かぶのは一体どうやってこの小さな敵をいたぶってやろうかという考えだった。

この敵を何度殺してやろうと考えたか、それこそ両手の指では足りないだろう。

そして、実際にこの敵をそう簡単に殺す気などウェアウルフにはなかった。

いたぶって、生きたことを後悔させながら殺す。

それがこの小さな敵にふさわしい末路だ。

「く、くく」

……そんな、ウェアウルフの思考を邪魔する笑い声があった。

一瞬聞き間違えだと、ウェアウルフは判断する。

「くふ、ふふふ」

しかし、違った。

その笑い声ははっきりと、この場に響いていた。

ウェアウルフはその笑い声の元へと目をやり、そして初めて固まることになった。

「ふふ、ふは、ははは！」

――その笑い声の主は、ぼろぼろで絶体絶命のはずの小さな敵だった。

◇◆◇

「ガァァアアアアアアア！」
ウェアウルフの勝利の雄叫びが聞こえる。
それを聞きながら僕、ライバートにできることはもうなかった。
もう、身体はぼろぼろだった。
必死に動かそうとするのにもかかわらず、立ち上がることもできない。
ヒナが必死に僕に治癒能力を付与しようとしてくれているのを感じる。
しかし、無駄だった。
二重付与の副作用で、今の僕はヒナの治癒を受け取ることさえできないのだから。
「ぴい！」
それでも諦めず、ヒナは近くまで降りて来て必死に僕に治癒を付与しようとする。
……ウェアウルフがゆっくりと歩き出す。
死が近づいてくる。
死ぬ直前だからか、それともウェアウルフがあえてしているのかはわからない。

しかし、何故かその足取りは異様にゆっくりだった。

……それこそ、もうだめだと思っているのにこの状況からの打開を考えてしまうほどの時間があった。

今この場を切り抜けるための最後の手段は僕の懐にある最後の匂い袋だけ。

しかし、それを投げるだけの気力は残っていても、それを投げて逃げ切るだけの体力はもうない。

精霊へと意識を向けると感じるのは精霊達の疲労。

ウェアウルフに必死に魔法を放ってくれていたヒナ、そして必死に罠を作ってくれていたクロはもう魔法も使えないだろう。

シロもかろうじて、後何回か魔法を使えるかどうかだろう。

明らかに今は、絶対絶命だった。

もうどうやっても、ウェアウルフから逃げ延びることはできない。

……そもそも、万全な状態でも僕とウェアウルフの力量差は歴然だった。

それでも、僕の頭は考えることをやめなかった。

分かっている。

今が絶望的であることなど。

そう理解しても、何とか生き抜く方法を僕は諦めきれずに探し……。

その時だった。

「く、くく」

――僕が自分のあまりにもおかしな思考に気づいてしまったのは。

今まで僕はずっと、ギルドに居るであろうサーシャさん達を逃す、そのためだけに戦っていたはずだった。

勝てないことなど承知の上で。

自分の命を捨てることを覚悟して。

「くふ、ふふふ」

けれど、今僕は気づく。

自分は今、この場から生き延びようと必死に考えていることに。

「ふふ、ふは、ははは！」

ウェアウルフが僕を見ているのが伝わってくる。

けれど、僕は笑いを抑えることができなかった。

あれだけ死を覚悟してウェアウルフに挑んだのに、それでもなお生きようとする自分が僕はおかしくてたまらなかった。

こんな状態になるなんてことは、ウェアウルフと相対したその瞬間から決まっていた。

容易に想像できた。

その上で、僕は命を捨てることを覚悟した。

……と自分で思っていたのに。

「何だよ、僕。生きたいんじゃないか」

なのに、この期に及んで僕の胸にあふれるのは死にたくないという未練がましい思いだった。

アズリアにもう一度会って謝りたかった。

父や母に、僕のことを認めさせたかった。

ヨハネスやマークに今の生活を教えてあげたかった。

そして、サーシャさんにお礼を言いたくて……怒って欲しかった。

自分でも分からないくらい胸にあふれてくるその感情を抱えながら、僕は笑う。

そんな僕と目が合うのは、僅かに恐怖を滲ませこちらを見るウェアウルフ。

「悪いね、仕切り直しだ」

そう言いながら、僕は心から笑っていた。

いつも、ぎりぎりの戦いは苦しいだけだった。

オーガの時も、暗殺者と戦った時も。

切り抜けて胸にあるのは、安堵感だけ。

しかし、最悪の危機を前にして僕は笑っていた。

「いつも命を賭けるしか僕には価値がないって思っていた」

もう、頭に星空が浮かぶことはなかった。

代わりに浮かぶのは、満面の月。

……そして、それに照らされる一人の女性。

「でも、今は違う。今は僕は自分に価値があると、生きたいと思える人生を生きている」

ウェアウルフが無意識のうちに半歩、退く。

あと一歩で僕に勝利できる状況を前にして。

それが僕に大きな隙をさらすことになるとも気づかずに。

「──だから、その未来を得るためなら僕は命を投げ捨てることもいとわない」

そう笑いながら僕は切り札だったそれ、を無造作に投げる。

今まで僕を一番助けてくれた存在、匂い袋を。

「ガアアアアア」

その瞬間、ウェアウルフの反応は露骨だった。

全力で雄叫びを上げなら、匂い袋へと爪をのばす。

僕に注意を向けていたこともあり、ウェアウルフの動きは半歩遅れていた。

それでも、ウェアウルフは間に合って見せた。

その爪が何とか匂い袋をかすめ、そのまま彼方へと弾き飛ばされる。

「ガ、ガアア！」

もちろん、無傷とは言わない。

破れた袋から漏れ出たにおいに、ウェアウルフがうめき声を漏らす。

しかし、その被害は明らかに軽傷だった。

そして、いつの間にかその目には殺意と戦意が戻っていた。

それはウェアウルフの状況の再確認を終えたことを物語っている。
匂い袋を対処された今、僕に打てる手はもうないと。
もうウェアウルフに僕をいたぶってから殺す気などないだろう。
匂い袋のダメージから回復次第、ウェアウルフは僕を殺す。
「いいこと教えてやるよ」
ただ、もう遅かった。
それが数秒、いやたった一秒でも早かったら状況は違ったかもしれない。
しかし、ウェアウルフは僕に匂い袋を投擲する時間を。
――僕が時間を稼ぐことを許してしまった。
それによって僕が貴重な時間を稼いだことをウェアウルフは知る由もないだろう。
付与が復活する貴重すぎる時間を。
「――――!」
復活した付与で、僕が求めたのは四体の精霊最後の付与。
アオの〝魔力増大〟の付与だった。
次の瞬間、珍しくぎりぎりまで消耗していた僕の魔力が一気に回復する。
その感覚にいつにない心強さを感じる。
召喚士の使う魔力は普段決して多くない。
何故なら、精霊が魔法を使う時召喚士はほとんど魔力を使わないのだから。

使い時は精霊の召喚維持や付与、精霊に魔力を与えることで強引に魔法を発動する時くらいか。

故に普段、僕はアオの付与をほとんど使って来なかった。

ベリアルさんにアオの付与では状況が変わらない、と言った時の言葉は本心からのものだった。

けれど今、アオの付与が勝負を左右する確信が僕にはあった。

僕は増大した魔力を全て、二体の精霊にそそぎ込む。

そうしながら、僕はようやく匂い袋のダメージから回復したウェアウルフへと笑いかけた。

「戦いにおいて大きな隙をさらす瞬間を知っているか？」

僕の問いかけに、ウェアウルフはなにも返さない。

もうなにを言われても惑わされない、そう言外に主張するように。

その目が、何より雄弁に物語っていた。

自分の勝利はもう揺らがないと。

それにおかしさを覚えながら僕は思う。

確かに、そうだろう。

僕だって実際にそう思っていたのだから。

こんな状況から勝負がひっくり返ることなどないと。

——手負いの獣が一番厄介だ。

かつてベリアルさんの教えてくれた言葉が頭によぎる。

その言葉をまさか獣側として実感すると思わなかった。

「勝負が決まったと確信した瞬間。それが勝負で一番油断する時だ。――冥土のみやげに教えてやるよ」

「ガアアアア！」

その僕の言葉を無視し、ウェアウルフは爪を振り上げ……そのまま動きが止まった。

そして振り返った先、ウェアウルフの視線の先にいたのはアオとシロ。

僕が全ての魔力をそそぎ込む二人の精霊だった。

その瞬間、僕の頭にあるのは一度見たことのある、込めた魔力によって威力が変動する魔法。

アジャスさんの複合魔法だった。

それは一度も成功したことないどころか、挑戦もしたことのない魔法。

しかし、僕にはある予感があった。

精霊同士による複合魔法なら、僕は扱える可能性があると。

何故なら、僕には延長線上にあると思える技術の心当たりがあった。

二重付与という、僕の切り札に。

今、そのか細い可能性に僕は全てを賭けていた。

その可能性に、アオの付与によって一時的に爆増した魔力を注ぐ。

魔力の使いすぎで自分が死ぬ可能性、巻き込まれる可能性、魔法が完成する前に自分が殺される可能性の全てを無視して。

気づけば、僕もシロも、アオが増大させた維持するだけで限界な魔力がそそぎ込まれていた。

アオという魔力の扱いに長けた精霊がいなければ、僕らはとっくに魔法を暴発させていただろう。

そんな状況でウェアウルフは爪を向ける先を精霊に変え、走り出していた。

その爪が精霊達を切り裂くまでに二秒か。

ただ、僕らが魔法を発動するのに一秒もいらなかった。

「複合魔法　雷・水」

「ガアアアアア」

次の瞬間、雷撃を伴った津波がウェアウルフを飲み込み水棺を作り上げる。

肉が焼ける、異様なにおいがあたりを包み、ウェアウルフの絶叫が響きわたる。

……ただ、そんな中でウェアウルフはまだ動いていた。

帯電する圧倒的な質量の水の中にいて、ウェアウルフの目は死んでいなかった。

水の中、ウェアウルフは膝をかがめる。

それだけでなにをしようとしているのか、僕には理解できた。

ウェアウルフは地面を蹴って飛び上がることで、この水の中から脱出しようとしていることを。

それに対し、僕にできることはもうなかった。

ただ、こちらを見るウェアウルフの目を真っ直ぐ見返す。

その目は、死んでも僕の喉笛を噛みちぎると語っていた。

そして、今の戦いがなければその決意は果たされていただろう。

圧倒的な強さのウェアウルフ。

逃げるだけでも僕は全力を強いられ、アジャスさんの複合魔法さえ耐えきった怪物。

しかし、そんな怪物にも疲れは蓄積していた。

その疲れは、今までの戦いは、きちんとウェアウルフの中に残っていた。

飛び上がるためにかがんだはずのウェアウルフの膝。

けれど、ウェアウルフが飛び上がることはなかった。

……そのまま、片膝をついてしまったために。

ウェアウルフの目を真っ直ぐに見ていたからこそ、僕には理解できた。

その行動が想定外だったのは、誰よりウェアウルフ当人だったことを。

「ガアアアアア、ガアアア！」

瞬間、殺意と戦意に染まっていた目が恐怖に染まり、ウェアウルフの雄叫びが悲痛な悲鳴に変わる。

……そして、僕の限界もそこだった。

精霊の顕現が解け、僕の身体を圧倒的な虚脱感が襲う。

今意識をとばせば死ぬしかない、そう分かりながらけれどもう身体も意識も、全てが言うことを聞かなかった。

迫り来る、電気を纏う洪水とその中の動かないウェアウルフ。

それを見ながら、僕が思い出すのは魔法を使う時の注意点。

魔法は発動ではなく、コントロールの達成を以って習得とされるという言葉。

これが僕の限界か。


その時、何かが僕の前に降り立った。

それは洪水が僕の身体を覆う直前に持ち上げる。

「すまん、ライバート。遅れた」

次の瞬間、響いた安心感に満ちた低い声に、僕は思わず笑ってしまう。

このタイミング、僕の死力を尽くした複合魔法を浴びているはずなのに、この人は何ともないのかと。

そんな圧倒的な化け物、ラズベリアギルド支部長にして英雄。

頑強なるバルクの到着の確認が、僕の最後の記憶だった。

◇◆◇

目が覚める。

そのまま目を開けると、そこは既視感のある部屋だった。

「……ここはサーシャさんの部屋」

頭が働かない。

一体なにが起きたのか、思いだそうと僕は周囲を見渡し、膝の上にある重さに気づいた。

「サーシャさん?」

その重さの正体は、僕の膝の上で眠るサーシャさんだった。

「そうだ僕はウェアウルフに……！」

その姿を見て、今までのことを思い出す。

意識を失う前までの記憶が頭によぎる。

そう、僕はウェアウルフと死力を尽くして戦っていた。

そして、初めての複合魔法を使って意識を失ったはずで……。

「僕は生き残ったのか……」

そう言って僕は自分の身体を見下ろす。

その身体は、治癒魔法を使っても消えないだろう傷で覆い尽くされていた。

そんな状態に、僕は思わず苦笑する。

よく生きていたものだと。

次に目に入ったのは、いすに座ったまま、僕の膝に突っ伏し寝ているサーシャさんの姿だった。

「心配、かけたんだろうな」

その姿に僕の胸が締め付けられる。

自然と、僕の手がサーシャさんの髪に伸びる。

きちんと生きていることを伝えようと、そうするように。

しかし、それは悪手だった。

「ん、んん……」

サーシャさんが身じろぎをする。

その身体の動きは緩慢で、ずっとこの場にいてくれたことを僕は理解してしまう。

……サーシャさんは多忙なはずなのに。

しかし、そんな罪悪感も頭をあげたサーシャさんを前に消し去る。

僕の心を焦燥だけが支配する。

「らい、ばーと？」

サーシャさんの目が開いたのはその時だった。

寝ぼけた目が僕をとらえる。

数瞬、沈黙が部屋を支配し、はっきりとサーシャさんの目が僕を認識した。

「ライバート！」

「……っ！」

次の瞬間、僕はサーシャさんに抱きしめられていた。

怒られる、そう身構えていたからこそ、その柔らかい感触は僕にとって想定外のものだった。

咄嗟に僕はサーシャさんから離れようとして。

「サーシャ、さん？」

——その肩が震えていることに気づいた。

離れようと地面に置いた手が力を失う。

そんな僕に回されたサーシャさんの手に、少しずつ力が増していく。

……まるで、僕がここにいることを確認しているように。

サーシャさんの甘い髪のにおいに鼻をくすぐられながら、僕はどうすればいいかわからなかった。

少しして、僕はおそるおそるその背に手を回す。

「今、帰りました」

「……うん」

少し、くぐもったサーシャさんの返事。

それに僕はなにも言えず、ただその身体に回した手に力を入れる。

どれだけ心配をかけたか今の僕は理解していた。

強い罪悪感が僕の胸にずっとある。

しかし、それ以上に僕の胸に存在するのはある思い。

……生きていてよかった、その感情だった。

無言で抱き合う僕らを、窓から差し込む光だけが照らしていた……。

忌み子として捨てられた召喚士、実は世界最強

エピローグ ◆ Epilogue ◆

「本当にお前はとんでもない奴だよ」

俺、バルクがそう呟いたのは森の中、ウェアウルフを倒し意識を失ったライバートを抱えた時だった。

顔を上げる。

目の前にあるのは圧倒的な質量を持った水…あたり一面を覆い尽くし今にも洪水を起こさんとするばかりだ。

その水圧だけでCランクの魔獣にダメージを与えることができるだろう。

しかし、恐ろしいのはそのことだけではない。

……その水全てが電気を纏っているのだから。

これほど高度な複合魔法を扱えるのは、Bランク以上の二つ名を持つような魔術師くらいだろう。

それをこの、器用であることが代名詞の召喚士が行ったと言って誰が信じるのか。

「少し、本気を出すか」

その考えに笑いを浮かべながら、俺はそう呟く。

ライバートを抱えていることを考えれば、動かせるのは片腕のみ。

しかし、それで十分。

「おらぁあああ！」

俺は勢いよく拳を地面へ叩きつける。

地面が揺れ、陥没する。

俺達の方ではなく、陥没した地面へと流れ込んでいく電気を纏った大量の水を見ながら、俺は深々と息を吐いた。

「あー、こんな騒がしくしたらギルドに響くな……。またサーシャに文句言われる」

「バルクさん！」

その時、背後から聞き覚えのある声が響いた。

振り返ると、そこにいたのは息を切らしたベリアルの姿だった。

アジャスもその遙か後ろにいて、これで捜索に出ていた人間がそろったことになる。

しかし、そのことに対する安堵はベリアルにも、アジャスにもないように見えた。

「一体何の音ですか、今のは。……っ！　何ですか、これは！」

「……水と雷の複合魔法！　もしやウェアウルフが！」

俺の作った地面の大穴に溜まるライバートの魔法の残骸に、ベリアルとアジャスが表情を変える。

「大丈夫だ。ウェアウルフはもう死んでいるし、さっきの音は俺がやった。もう何の問題もねぇぞ」

それでも表情を崩さなかったベリアルだが、俺が抱えているのがライバートであることに気づくと力が抜けたように膝を地面についた。

「この、大馬鹿が……。生きてたのか」

その後ろでは、アジャスも滅多に見られない放心状態。

本当にこの二人は不器用でどうしようもない奴らだ。

誰よりも新人を気にかけ、その気遣いを必死に隠す、強く信頼できるベテラン冒険者。

それが俺が二人に下している評価だった。

立ち尽くし惚《ほう》けている二人は、満身創痍。それもそうだろう、最低限の治癒魔法を受けただけで、これまでずっと森の中を走りまわっていたのだ。

その二人は、すぐに真剣な眼差しを俺に向けた。

「……それで、何があったんですか。バルクさんが来て、ライバートが助かったのはわかりました」

「この複合魔法を使ったのは何者、ですか？」

その警戒の理由こそ、この複合魔法だろう。

二人、特にアジャスの鋭い視線を受けながら、俺は理解する。

すなわち、二人はまだ新手の魔獣がこの近くにいる可能性を頭に描いているのだ。

「そもそもの考えを訂正しておくぜ」

「はい？」

「ウェアウルフを倒したのは俺じゃない。ライバートだ」

「は？」

ベリアル、アジャスが硬直する。

それは二人の非常に珍しい表情。

それに追い打ちをかけることに少し罪悪感を抱きつつ、俺は告げる。

「この複合魔法、ライバートの魔法だ」

「……っ！」

あり得ない、アジャスがそう言い掛ける姿が視界の端に入る。

気持ちは分かる。

そうとしか考えられなくても、受け入れられない気持ちも。

だから俺は説得しようとはせず、代わりに告げる。

「ライバート、こいつは英雄になる器だぞ」

「……英雄。そんなに伸びしろが？」

「はっ。俺に魔法のことなんてわかるかよ。別の話だ」

そう言いながら、俺はライバートを助ける直前の光景を思い出す。

それはウェアウルフの前で複合魔法を発動した時のライバートの顔。

その時浮かんでいた笑顔を。

――死の直前に笑える奴、そういう奴が資格を持ってんだよ。

その笑顔に俺の頭にかつて聞いた話が蘇る。

自身も死地に赴いたことがあるからこそ、理解できた話を。

――英雄の資格、てやつをな。いや、英雄だけじゃないな。死の淵で笑える人間の持つ宿命は二つだ。それは。

「……英雄か、魔王か」

「バルクさん？」

「いい。独り言だ、気にするな。それよりもこれから忙しくなるぜ」

そういいながら、俺はもう息がないウェアウルフへと目をやる。

「こんなBランクの魔獣が突然現れたんだ。明らかに今、黒の森では異常事態が起きている」

俺の言葉にベリアル、アジャスが黙り込む。

それは二人もこの事態をよく理解していることを物語っていた。

続けて俺は告げる。

「これで森の異常が終わりになるとは思えない。まだ、〝隣街の危機〟は続くぞ」

ウェアウルフは倒した。

けれど、俺の勘は言っている。

まだ終わってはいないと。

ベリアルとアジャスの表情が、俺と同じ考えであることを物語っていた。

空気を変えるべく、俺は殊更明るく告げる。

「まあ、これで隣街の奴らもライバートへの認識を改めるだろうよ」

俺の頭に浮かぶのは、召喚士であるライバートを軽んじていた隣街の人間達。

しかし、今回のことで彼等もそんな態度を取ることはできなくなるだろう。

何せ、ライバートがウェアウルフを倒さなければ、その被害は隣街にも及ぶ可能性があったのだから。

「ライバートがウェアウルフを倒したと聞いた時の、奴らの反応が楽しみだな！」

そう言いながら、俺はあえて声を上げて笑う。

……しかし、ベリアルとアジャスの複雑そうな表情が変わることはなかった。

殊更《ことさら》明るく振る舞いながらも、俺にはその内心がよく理解できた。

今、この森に起きているのは今までにない異常だった。

それこそ、長年この街の支部長をしてきた俺でさえ、数回見たかどうかくらいの。

……魔人が現れた時しか経験していないような。

「これが始まりじゃないよな」

ベリアル、アジャスに聞こえないように呟いた言葉が森の音にかき消される。

……かすかに揺れる木々達の音さえも、俺達が感じている嫌な予感を裏付けているようだった。

◇◆◇

窓から日差しが注ぐ。

うららかな光を浴びながら、私もライバートも気まずげに顔を背けていた。

身体には、先程ライバートとハグをした時の体温がまだ残っている。

それが私の気まずさを増す要因になっていて、私は無言で顔を背けることしかできない。

……こんなつもりではなかったのに。

顔を背けながらも内心、私はそう思わざるを得なかった。

本当は、ライバートをしかるために来たのだから。

分かっている。

ライバートは私達を助ける為に無理をしてくれたのだと。

しかし、私はこんな子を犠牲にして生き延びようとする気はなかったし、そうして守られているだけなのもごめんだった。

だから私は、ライバートをしかろうと思ってこの場に来ていた。

……そのはずだった。

しかし今、私は自分の思い通りに動くことができていない…改めて自分に言い聞かせる。

私はどうしてしまったのかと。

「……サーシャさん、言いつけを破ってしまって本当にすみませんでした」

沈黙を破り、ライバートが口を開いた。

私の胸に感情があふれ出したたのはその時だった。

「無事に帰ってきて、って言ったのに」

「……すみません」

「無理しないで、って言ったのに」

「本当にごめんなさい……」

謝るライバートに対して、私は感情を抑えられなかった。

こんな言い方をしても、意味はない。

二人ともつらいだけ、そう分かっているのに私の言葉は止まらない。

……頭に浮かぶのは、治癒魔法を受ける前のライバート。

支部長と戦った時とも違う、感情の爆発。

それに、胸の中にいるもう一人の冷静な自分が驚いているのが分かる。

私がこんなに感情を爆発させることがあったのかと。

自分ではもう感情を抑えることができない。

「私、自慢の後輩がいなくなったら泣くからね」

「そう、ですね」

……その、はずだった。

その時、ライバートが浮かべていた表情に私は思わず言葉を失っていた。

その顔に浮かぶ笑顔に。

「改めて、謝らせて下さい。ご心配ばかりかけて、本当に申し訳ありませんでした」

すぐに表情を真剣なものに変えたライバートが深々と頭を下げる。

「そして、お礼を言わせて下さい」

「……お礼？」

「サーシャさんがいたから、僕はウェアウルフから生き残ることができました」

想像もしていない言葉に固まる私に対し、顔をあげたライバートの表情は少し照れたようなはにかんだものだった。

「ウェアウルフと戦っていた時、僕は生きたいって思えたんです。そう思えていなければ、僕は諦めていた」

……そのライバートの言葉を聞きながら、私は思ってしまう。

なんてずるいのだろうかと。

「だから、ありがとうございます。サーシャさんがいたから僕は生きて帰ることができました」

そんなことを言われたら、もう怒れなくなってしまうではないかと。

「サーシャさん……？」

思わず無言になった私に、ライバートが心配そうに口を開く。

私は大きくため息をついて、口を開いた。

「……もう無茶はしないって約束できる？」

「……それは無理です」

バカ正直なことに、ライバートは私の言葉に頷かなかった。

そして、私から目をそらすことはなかった。

「でも、絶対に死にません」

その言葉に私は思う。

今はこれで許してやろうと。

渡すかどうか、ぎりぎりまで迷っていた書類を、私はライバートに手渡す。

「ライバート、これ」

「何ですか、これ……っ！」

その瞬間、ライバートの目が見開かれ、驚きの表情が浮かぶ。

言葉がなくなったライバートに、私は苦笑しながら告げる。

「支部長が試験の前に言った言葉、覚えてる？」

「……え？」

「試験を免除するといったが、しないとは言ってないって」

突然のことに、未だ私の言葉を受け入れられていないライバートに、もう少し分かりやすく告げる。

「ギルド職員の試験は免除して、それの為の第一次試験を行っていたそうよ」

「っ!? え、でも、そんな簡単に……」

「簡単じゃないわよ？　支部長だけじゃなく、一級以上のギルド職員二人の推薦が必要なんだから」

「え、え？」

「普通はもっと期間が空くんだけど、今回の件でライバートの戦闘力について問題がないと証明されたからね」

それでも混乱を隠せないライバートに、私は意趣返しも込めて、いたずらぽっく笑いながら告げる。

「だから、おめでとうライバート。――今日から貴方は一級ギルド職員よ」

私の言葉に、目を大きく開いたライバートの手から、書類がこぼれ落ちる。

そこにはこうかかれていた。

ギルド職員ライバート。

この者の並外れた事務能力、戦闘能力を評価し、本日付けで一級ギルド職員と認定する、と。

本書に対するご意見、ご感想をお寄せください。

あて先

〒162-8540 東京都新宿区東五軒町3-28
双葉社　モンスター文庫・Mノベルス編集部
「影茸先生」係／「村カルキ先生」係
もしくは monster@futabasha.co.jp まで

ノベルス

忌《い》み子《ご》として捨《す》てられた召喚士《しようかんし》、実《じつ》は世界最強《せかいさいきよう》

2025年4月30日　第1刷発行

著　者　影茸《かげきのこ》

発行者　島野浩二

発行所　株式会社双葉社
〒162-8540　東京都新宿区東五軒町3番28号
［電話］03-5261-4818（営業）　03-5261-4851（編集）
https://www.futabasha.co.jp/（双葉社の書籍・コミック・ムックが買えます）

印刷・製本所　三晃印刷株式会社

［電話］03-5261-4822（製作部）
ISBN 978-4-575-24814-2 C0093

モンスター文庫

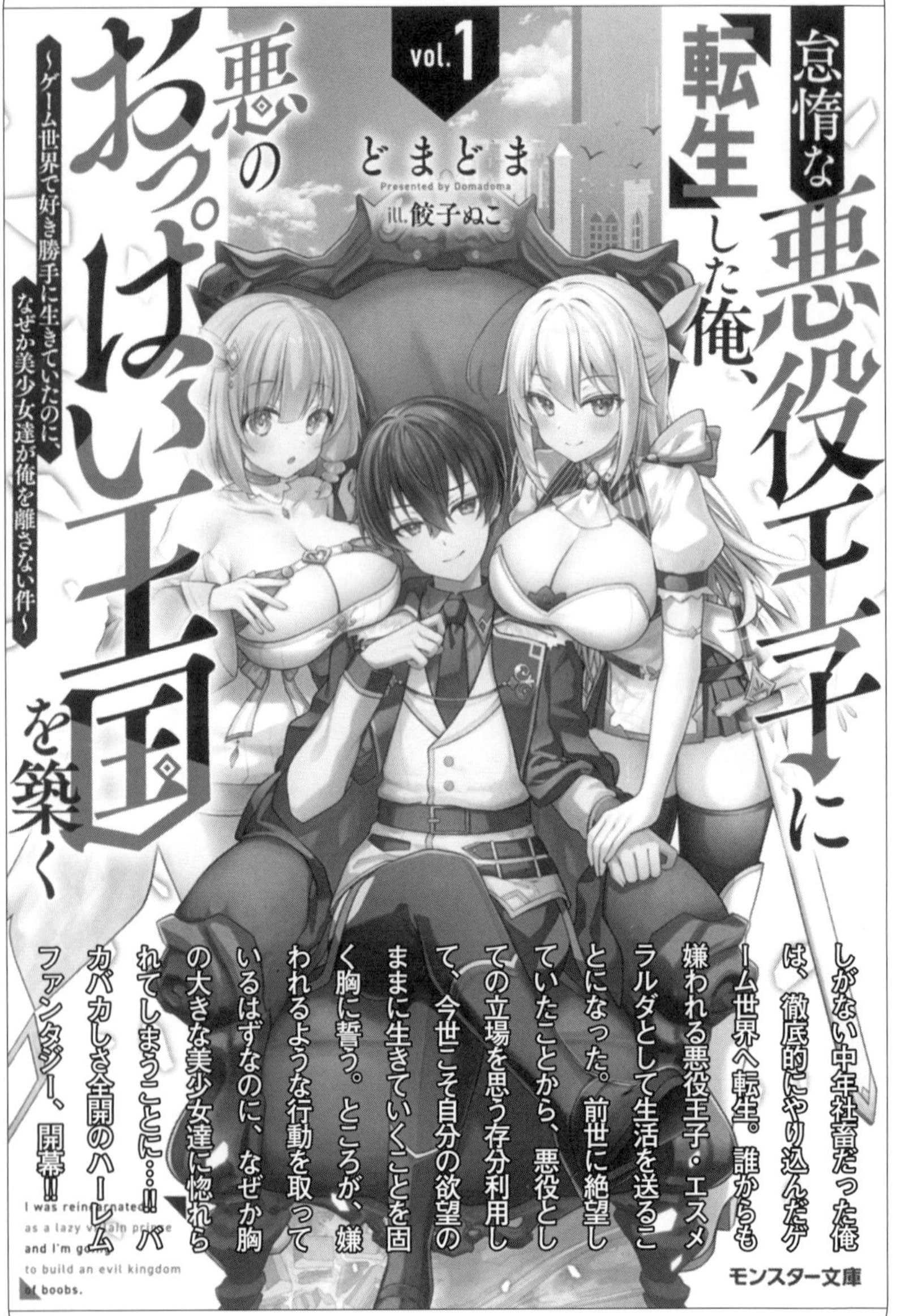
vol.1
怠惰な悪役王子に「転生」した俺、
悪のおっぱい王国を築く
~ゲーム世界で好き勝手に生きていたのに、なぜか美少女達が俺を離さない件~
どまどま
Presented by Domadoma
ill.餃子ぬこ
しがない中年社畜だった俺は、徹底的にやり込んだゲーム世界へ転生。誰からも嫌われる悪役王子・エスメラルダとして生活を送ることになった。前世に絶望していたことから、悪役としての立場を思う存分利用して、今世こそ自分の欲望のままに生きていくことを固く胸に誓う。ところが、嫌われるような行動を取っているはずなのに、なぜか胸の大きな美少女達に惚れられてしまうことに…!! バカバカしさ全開のハーレムファンタジー、開幕!!
I was reincarnated as a lazy villain prince and I'm going to build an evil kingdom of boobs.
モンスター文庫

発行・株式会社　双葉社